COLLECTION FOLIO

Éric Fottorino

Cœur d'Afrique

Gallimard

Licencié en droit et diplômé en sciences politiques, Éric Fottorino est ancien directeur du journal *Le Monde*. Il a publié son premier roman, *Rochelle*, en 1991. *Un territoire fragile* (Stock) a reçu le prix Europe 1 et le prix des Bibliothécaires. Il est également l'auteur de *Caresse de rouge*, paru aux Éditions Gallimard, couronné par le prix François-Mauriac 2004. *Korsakov*, son septième roman, a été récompensé par le prix Roman France Télévisions 2004, et par le prix des Libraires 2005. Il a reçu le prix Femina pour *Baisers de cinéma* (Gallimard) et le Grand Prix des lectrices de *Elle* pour *L'homme qui m'aimait tout bas*.

Pour Sam et Dany.

Larieux laissa échapper un juron et se versa un whisky, le troisième de la matinée. Dorlac avait refusé sa proposition, invoquant un problème familial. Morel s'était défilé à son tour en répétant qu'il n'y tenait pas. Et maintenant, c'était Santini qui lui claquait dans les doigts, le grand Santini, le chéri de ces dames au teint toujours hâlé, le reporter-maison que son talent étouffait d'orgueil. Mais quel talent ! Larieux l'avait envoyé sur bien des coups ; le beau gosse s'était chaque fois tiré d'affaire à merveille. Il voyait tout, savait raconter vite et bien, trop bien même. Sous sa plume, le moindre quidam s'épanchait avec des accents dignes de Victor Hugo. Santini se trompait rarement. Il avait de la chance, beaucoup d'intuition, sans doute du courage. Lui manquait l'humilité.

Ainsi donc, Santini déclinait l'offre. Il n'irait pas en Afrique. Les guérillas, les enfants crevés, les maladies, il en avait soupé. Il profita même de l'entretien pour demander à Larieux un statut de chroniqueur. Une petite chronique dans un coin, avec son nom en gras.

À cet instant, Larieux lâcha un juron. Depuis le matin, il n'arrêtait pas de pester. Sa porte, habituellement grande ouverte, restait fermée. Les secrétaires osaient à peine lui apporter le courrier ou les dépêches urgentes. Quand elles entraient, c'était sur la pointe des pieds, en ayant soin de ne pas attirer son regard sur elles.

Qu'avaient-ils tous à réclamer une chronique ? Larieux ne connaissait qu'une race de journalistes : les loups maigres. Les autres ne l'intéressaient guère. Un reporter, ça oui, il aimait. Trente ans de sa vie, lui-même avait sondé le cœur du monde. Il aurait rempilé si un tir d'artillerie ne lui avait bêtement pris une jambe, au Tchad.

Santini sortit du bureau. Larieux se leva pour repousser la porte derrière lui. Il avait tenu bon contre la chronique. Il cherchait toujours un volontaire pour l'Afrique.

Pas n'importe quelle Afrique, mais celle de l'Ouest, aux franges du désert. Sa carrière avait commencé là-bas. Sans doute s'y était-elle aussi achevée.

Il revint s'asseoir à son bureau et empoigna la bouteille de whisky. Il s'avisa qu'il avait déjà vidé trois verres. Pendant quelques minutes, sa pensée erra sans trouver où se fixer. Il contempla la photo de sa femme dans un cadre en bois blond. Mathilde l'avait quitté du temps qu'il courait le monde. Il n'avait jamais eu envie de retirer son portrait. Il songea qu'après tout, le motif familial invoqué par Dorlac était sûrement justifié. Mais alors, il lui fallait changer de métier. Il connaissait par cœur la petite pique de Paul Morand : il y a les gens avec des meubles et les gens avec des valises... Malgré sa patte en plastique, Larieux, lui, appartiendrait toujours au camp des nomades. La preuve : il gardait son passeport à portée de main et un sac de voyage aplati au fond du placard. Il savait bien qu'il ne partirait plus, que ses visas étaient périmés, mais il faisait « comme si ». Ces vestiges lui tenaient lieu de béquille, un peu comme le visage de sa femme ravivait en lui le souvenir d'une autre vie.

Larieux resta seul jusqu'à midi. Des noms lui revenaient de la grande époque. La « grande époque », évidemment, c'était la sienne. Alligator à Hanoï. Barouda à Alger. Et lui partout ailleurs, surtout en Afrique. Il prononça ces noms à voix basse. Ce n'est pas Alligator qui aurait invoqué une raison de famille : il n'avait d'autre attache que les désarrois qu'il nouait aux siens, sous le ciel gris fer d'Indochine. Il était même enterré là-bas. Combien avaient disparu ? Dans son répertoire à feuilles volantes, Larieux conservait leur numéro de téléphone, leur adresse. Il ne s'était pas résolu à les barrer. Question de fidélité. De survie, aussi. Ne pas admettre qu'il était seul. Il entendait encore la voix nasillarde d'Alligator : « Tu diras au patron qu'il m'appelle, si ça pète, même dimanche, même dans la nuit. Promis ? » Et Alligator rentrait chez lui avec le secret espoir d'être envoyé à l'autre bout du monde pour y ramasser une scorie de l'Histoire et en parler.

Larieux avait reposé sa bouteille. Il attrapa la nomenclature de la rédaction et passa ses troupes en revue. Arnaud ? Il mourra de trouille. Gravey, Laubie, Niel ? Oublions. Murène ? Il déteste les nègres et n'accepte que les voyages officiels, avec dossier de presse servi sur un plateau entre deux cocktails. Saint-Val ? Un homme de lettres, de trop de lettres. Bien sûr, il y avait Koler. Un jeunot qu'il avait recruté l'année précédente au service Afrique. Un intellectuel un peu timide, doué de l'orgueil des timides. Son visage candide dissimulait une inquiétude sans bornes.

Pourquoi Larieux n'avait-il pas pensé à lui plus tôt ? Il composa les premiers chiffres de son numéro, mais raccrocha. Il savait bien ce qui le retenait. Koler ne pouvait pas écrire. Plus exactement, il était incapable d'écrire sous le coup d'une émotion.

Or, l'Afrique, ce n'était que ça : de l'émotion.

Larieux aussi avait cassé sa plume. C'était venu soudainement, peu après la perte de sa jambe. Parfois, il essayait d'en rire en se disant qu'il n'écrivait pourtant pas avec ses pieds. Mais le mal l'avait paralysé. Dès qu'il roulait un feuillet dans le chariot de sa machine, il se mettait à transpirer à grosses gouttes. Sa tête bouillonnait d'images et de mots, mais, au bout de ses doigts, rien ne venait. C'était pire qu'une angoisse. Comme une agonie, ou du moins l'idée qu'il s'en faisait. Un effacement irrémédiable, assez semblable à celui des lettres usées sur les touches en éventail de sa vieille Remington. Il pressentait que le fait de ne plus rien pouvoir écrire le tuerait. Il avait réchappé de ses blessures ; devant la feuille, il était mort.

Aussi comprenait-il la fébrilité de Koler : il n'était jamais prêt, réclamait sans cesse un délai pour achever ses enquêtes. Aucun journaliste ne l'avait encore vu se lancer dans un article au milieu de la meute, dans l'excitation du bouclage. Il restait tard le soir au marbre, ou bien envoyait la nuit de longues colonnes aux sténos de presse qui le réconfortaient de leur voix ferme et nette. Koler avait besoin de travailler seul. Le résultat était toujours parfait. On ne sentait pas l'effort, mais on le devinait surhumain.

Larieux songeait à tout cela en recherchant d'autres candidats. Mais, depuis qu'avait surgi en lui le nom de Koler, il lui semblait absurde d'aller plus loin. Koler partirait pour l'Afrique. Larieux ne lui connaissait pas de famille. Au besoin, il saurait lui rappeler qu'il l'avait recruté en dépit de son manque d'expérience. Et que c'était le moment ou jamais d'en acquérir une.

Julien Koler n'arrivait pas à s'endormir. L'éclairage de la rue traversait les persiennes et striait de fils d'or la couverture de laine. Il sentait le souffle de Céline sur sa joue. Elle avait fini par trouver le sommeil. Il revoyait son visage quand il lui avait annoncé son départ. Ses yeux s'étaient agrandis : « Pour combien de temps ? avait-elle demandé. Et ton patron, est-il au courant que tu as une femme et que nous aurons bientôt un enfant ? » Céline s'était tue pendant toute la soirée. Ils s'étaient couchés dans ce même silence. Après s'être réfugiée à l'autre bout du lit, Céline était venue contre lui, retenant ses larmes.

Tout s'était déroulé comme le souhaitait Larieux. Il avait exposé à Koler la situation au Bangara, glissé quelques recommandations d'usage, lui avait souhaité bonne chance.

— Et ne réfléchissez pas trop avant d'écrire, avait-il ajouté. C'est un boulot d'instinct.

Larieux l'avertit aussi que son interlocuteur à Paris serait Murène. Outre qu'il ne prisait guère les Noirs (pour les avoir longtemps côtoyés du temps des Colonies), le vieux Murène avait la réputation d'aimer l'ordre. Ce penchant l'avait, à dix-huit ans, fourvoyé du côté des miliciens de Darnand. Mais c'était un relecteur irréprochable. Il ne fallait pas lui raconter d'histoires.

Le jeune homme ignorait chacun de ces détails. Il savait à peine qui était Murène.

Larieux cachait autre chose à Koler. Il avait connu jadis, à Genève, un haut fonctionnaire français du Palais des Nations. Pendant vingt ans, cet homme avait dirigé le Bureau des impressions, une modeste officine installée dans un coin reculé du parc Aristide-Briand où s'ébattaient cygnes et paons. Là, il recevait les experts de retour d'Afrique, venus rendre compte de leur voyage. Il remplissait sans commentaire d'épais registres à feuilles margées, en prenant soin d'indiquer la date des missions et les itinéraires suivis. C'était un homme de belle taille, proche de la soixantaine, au visage anguleux encadré par une abondante chevelure blanche. La première et seule fois qu'il l'avait rencontré dans son bureau genevois, Larieux avait observé cette blancheur qui semblait avoir déteint sur sa peau et jusqu'au fond de ses yeux bleu pâle. Un jour, il avait disparu, emportant avec lui plusieurs rapports du Fonds mondial consacrés à l'Afrique. Nul ne l'avait plus jamais revu. Cela remontait à presque sept ans. Lors de sa visite, Larieux avait remarqué sur une étagère de bois verni quantité de fioles remplies de sable. « On m'en rapporte de tout le continent », lui avait expliqué son hôte, et les deux hommes étaient restés un moment silencieux et perplexes devant ces déserts, ces plages en miniature qui, loin de livrer les secrets d'une éternelle Afrique, ajoutaient encore à ses mystères.

Quand il lui arrivait d'évoquer son souvenir, Larieux l'appelait le « marchand de sable ». Il était persuadé que le chef du Bureau des impressions, en dépit de sa phobie avouée des voyages, s'était envolé vers quelque province d'Abyssinie ou du Congo, ou vers l'étrange Bangara. Sans doute avait-il voulu confronter à l'immensité du continent le savoir accumulé dans ses gros registres. Qu'était-il devenu ? D'après Larieux, le « marchand de sable » errait encore sur les pistes africaines, à la recherche d'une vérité insoupçonnée au Palais des Nations. Il se demandait parfois comment sa peau claire avait résisté à la brûlure des tropiques. Il imaginait sa longue silhouette diaphane se frayant un chemin à travers les foules bariolées, riantes, comme si une tornade avait subitement arraché la ville de Genève au Léman pour la déposer, neigeuse, glaciale, dans le lit d'un ample fleuve noir.

Larieux jugea inutile de signaler au jeune journaliste l'existence du « marchand de sable ». À traquer la même Afrique, peut-être finiraient-ils par se rejoindre.

Tout en l'informant de sa mission, Larieux avait noté le calme apparent de Koler. Seul un léger pli s'était formé au sommet de son nez, puis avait parcouru son visage comme une eau tranquille qu'un caillou vient troubler. En réalité, c'est une secousse électrique qui avait traversé les membres du jeune homme.

À peine sorti du bureau de Larieux, il s'était précipité à l'infirmerie pour savoir quels vaccins se procurer. Le médecin en profita pour l'examiner. Il lui trouva un peu de tension. Koler téléphona ensuite à un fonctionnaire du Quai d'Orsay qu'il avait rencontré lors d'un colloque sur les criquets pèlerins. Quand il eut précisé l'objet de son appel, il sentit une certaine gêne au bout du fil.

— Je vais vous orienter vers le service compétent, lâcha de manière abrupte son interlocuteur.

Après un long moment, une voix lui répondit enfin. Koler réexpliqua le motif de son appel et n'obtint en retour qu'un silence perplexe.

— Vous partez vraiment pour le Bangara ?

— Oui.

— Mais pourquoi ne pas attendre les dépêches d'agence ? Cela serait suffisant. Il ne se passe rien là-bas. Même la télé n'y va pas !

— Justement, insista Koler. Mon avion décolle dans trois jours.

— Alors gardez l'écoute.

Koler patienta encore quelques minutes avant que la voix revienne, essoufflée.

— J'étais au sous-sol. Il y a belle lurette qu'on ne lit plus les télégrammes de l'ambassadeur. C'est toujours la même chose, dans ces régions : un dictateur d'opérette ; des opposants qui réclament le pouvoir pour s'enrichir ; un ou deux écrivains qui se prennent pour Zola et nous inondent d'appels à la justice. La routine.

— Vous oubliez la France, coupa Koler.

— Quoi, la France ?

— Nous avons bien des soldats sur place ?

— Oui, ils maintiennent l'ordre.

— Lequel ?

La voix se tut.

— Je vous envoie deux ou trois documents. Bon voyage. Je ne vous envie pas.

Le jour se levait. Koler s'extirpa du lit et alluma une cigarette. La radio restait muette sur les troubles au Bangara. Koler avait rapporté la veille quelques coupures de journal. La plupart dataient de presque deux ans. Il lui sembla que la presse avait suivi les recommandations de ce fonctionnaire du Quai : attendre les dépêches, surtout ne pas bouger. C'était pourtant curieux, ce petit bout d'Afrique qui flambait sans raison apparente, puis recouvrait aussi mystérieusement son calme. Koler remonta aux articles les plus anciens. Il lut les signatures d'Alligator et de Barouda qui avaient jadis maraudé par là, mais ces noms n'éveillèrent en lui aucun écho. Il découvrit plusieurs reportages de Larieux. Son premier réflexe fut de les lire, mais il préféra s'en abstenir.

Larieux pouvait se féliciter d'avoir choisi Koler. Il lui fallait un reporter aux yeux neufs, un type qui n'avait jamais vu l'Afrique. Pour un Alligator ou un Barouda, un Larieux peut-être, combien avaient figé leur vision sous prétexte qu'ils avaient *vu*, une fois pour toutes ? Larieux aurait pu citer une dizaine de noms parmi les plus chevronnés. Des blasés, des pisse-froid, des anticommunistes, des antipapistes, des antijaunes, des anti-tout, indécrottables et arrogants. On perdait son temps à vouloir leur expliquer : ils savaient. Larieux était persuadé que Santini prenait ce mauvais pli. C'était sa faiblesse, à lui comme aux autres. Il penchait du côté de la suffisance. Murène aussi appartenait à ce club des « J'ai tout vu ». Koler aurait du pain sur la planche pour réussir à le surprendre. Mais il disposait d'un avantage considérable : pour autant que Larieux avait pu en juger, le garçon pensait droit. Il n'écrirait pas de travers.

Le tout était qu'il écrive.

L'avion se posa en douceur sur la piste de Bangara. Il était trois heures de l'après-midi. Koler vérifia qu'il n'oubliait rien sur son siège et se dirigea vers la sortie. La porte extérieure coulissa. Une bouffée d'air chaud se propagea à l'intérieur de l'appareil. Il sentit aussitôt sa chemise à manches longues coller à sa peau. Il avait gardé sur lui ses habits d'hiver, refusant de croire au soleil de décembre. Il dut se rendre à l'évidence : l'Afrique l'incendia d'un coup sur la passerelle de l'avion. Le temps de descendre les marches, ses joues étaient devenues écarlates. Devant lui, une Noire corpulente se dandinait gracieusement, adressant d'énergiques moulinets des bras à sa famille venue l'attendre. Koler eut une vision légère d'hélices tourbillonnant au-dessus de la tête enfoulardée de la voyageuse. Il songea que la peau sombre était décidément mieux adaptée au climat que la sienne. L'air chargé de sel lui apportait des fragrances inconnues. C'était bien cela : il ne savait rien.

Il avait promis un article pour le soir même. Une colonne, trois feuillets, Larieux l'avait encouragé : « Ce serait bien de griller les agences, pour une fois... » Il était encore tôt, mais il ne fallait pas traîner. Murène lui avait donné jusqu'à vingt-deux heures, dernier délai. Pour l'instant, le sang battait à ses tempes, une barre pesait sur sa poitrine.

Sa qualité de journaliste lui valut un accueil particulier. Après le contrôle de douane, il fut prié de patienter dans une pièce sans fenêtre, éclairée d'une faible ampoule. Au sol couraient de gros lézards qui s'arrêtaient brusquement et se livraient, avec leurs pattes de devant, à une cocasse gymnastique.

Au bout de quelques minutes, un policier en uniforme le salua et lui fit préciser le but de son voyage. Koler souligna l'intérêt de la France pour le Bangara. Le policier ne broncha pas. Il procéda à une sorte d'interrogatoire précis, tout en demeurant courtois. Il désira connaître le tirage exact du journal qui l'employait. Le jeune homme annonça une diffusion modeste, convaincu par Larieux que, dans cette Afrique-là, une bonne presse était une presse qui n'existait pas. Le policier lui demanda depuis combien d'années il exerçait ce métier, dans quelle rubrique, s'il était salarié. Il s'inquiéta enfin de savoir si Koler avait l'intention de prendre des photographies. Le journaliste répondit sans rechigner.

— Bien, fit le policier. Avez-vous des photos d'identité ?

— Non.

— Ce n'est pas grave. Nous irons en faire.

Le policier appela un collègue qui attendait devant la porte et lui parla dans son dialecte d'une voix forte. L'autre hocha la tête, considéra le journaliste et l'invita à le suivre.

— Mais ma valise ?

Le premier policier le rassura :

— On s'en occupe.

— Je n'ai pas beaucoup de temps, protesta Koler.

— Ce sera rapide, monsieur Julien, murmura le second policier. Venez !

Ils grimpèrent à bord d'une jeep et traversèrent une partie de la ville. Des enfants jouaient autour de grandes flaques dans lesquelles se reflétaient les troncs effilés des palmiers. Koler emplit ses poumons et reconnut cet air lourd et odorant qu'il avait respiré pour la première fois à l'aéroport. Ils longèrent une voie ferrée. Des hommes marchaient le buste droit, la chemise flottant par-dessus leur pantalon, les mains vides. Ils ne semblaient pas souffrir de la chaleur ; Koler observa néanmoins qu'ils se tenaient de préférence à l'ombre.

La voiture s'arrêta sur le bas-côté d'une rue trouée d'ornières. Des enfants délurés et souriants firent à Koler des signes d'amitié. Il s'étonna de les voir si gais alors que le drame, disait-on, couvait au Bangara. Mais il n'eut guère le loisir de méditer sur ce visage inattendu de l'Afrique, car déjà le policier le pressait vers l'enseigne d'un dentiste.

— Pourquoi ici ? s'enquit Koler en esquissant un mouvement de recul.

— Ne t'inquiète pas, chef, fit le policier. Ce monsieur est aussi photographe, un très bon photographe !

La pièce était fraîche. Le dentiste, un homme d'un certain âge à la maigreur de fakir, venait de brancher le ventilateur. Il désigna un portemanteau où pendaient trois cravates.

— Prenez celle que vous voulez.

Koler s'exécuta. Il choisit la grise, qui lui paraissait la moins sale, puis s'installa, méfiant, sur le fauteuil défoncé. L'opérateur plongea la pièce dans l'obscurité avant d'allumer deux spots éblouissants.

— Ne bougez plus ! cria-t-il.

Koler était pétrifié. Plus tard, il devait sourire de sa peur en retrouvant par hasard la carte de visiteur accrédité qu'on lui délivra ce jour-là. Il s'agissait bel et bien d'une anodine séance de photographie. Au bout de quelques instants, l'homme à barbiche revint avec un jeu de six clichés en noir et blanc. Koler éprouva un léger pincement lorsqu'il découvrit ses joues mal rasées, la cravate douteuse nouée à son cou, les contrastes exagérés. On aurait cru une photo des années cinquante, l'époque des Alligator et autres Barouda. Il eut l'impression d'avoir remonté le temps.

La jeep le déposa devant son hôtel. Il était quatre heures de l'après-midi. Une main s'empara de sa valise. Il remplit les formalités d'accueil, puis ressortit. À la réception, on lui avait indiqué l'ambassade de France, située juste derrière la place du marché. Il décida de s'y rendre à pied, sans s'annoncer. Larieux lui avait confié qu'en Afrique, les ambassadeurs adoraient recevoir des journalistes pour les inciter à parler.

La traversée du marché renforça la perplexité de Koler. Depuis son arrivée à l'aéroport, il n'avait croisé que des visages paisibles, une foule placide qui vivait sans paraître se soucier des conflits armés au Nord. Koler le savait : le Bangara comptait parmi les pays les plus déshérités du monde. Son président ne manquait jamais une occasion de le rappeler lors de ses visites à l'étranger. Pourtant, le marché regorgeait de riz et même de viande rouge : les grappes de mouches agglutinées sur les plus gros morceaux attestaient de leur fraîcheur. (Larieux avait prévenu Koler : si vous achetez de la viande, veillez à ce qu'elle soit noire de mouches ! Sinon, c'est de la vieille carne.) Le journaliste s'arrêta devant un couffin d'arachides rosées. Un homme accroupi le regardait en mâchonnant le bout filandreux d'un bâton. Koler montra les cacahuètes. Le marchand confectionna un cornet avec une feuille qu'il tira d'une liasse de vieux papiers, puis le remplit à ras bord. Le cornet attira aussitôt l'œil de Koler. Il le vida rapidement et reconnut le sigle des documents officiels du Fonds mondial. C'était l'extrait d'un rapport sur les échanges commerciaux du Bangara, établi par l'une de ces nombreuses missions d'experts qui croient pouvoir soumettre l'Afrique à la loi des chiffres. Les tableaux avaient été rayés à grands traits rageurs de stylo à bille. Les dates étaient illisibles. Koler dévisagea le marchand qui continuait de mastiquer son bâton tout en lui souriant. Il plia la page, la glissa dans la poche de sa veste et poursuivit sa route, l'esprit confus.

Le bâtiment de l'ambassade offrait aux derniers rayons du jour sa façade cloquée. Koler se présenta. On lui fit franchir un sas de verre. Un gardien le conduisit directement au salon de Monsieur l'Ambassadeur. Il consulta sa montre. La barre continuait de peser sur sa poitrine. Il connaissait bien cette douleur : elle se réveillait chaque fois qu'il s'apprêtait à écrire. Il n'était jamais certain de surmonter l'obstacle. Parfois, il se disait même qu'il n'était pas fait pour ce métier, qu'il aurait dû rechercher un poste de documentaliste, constituer des archives, préparer des dossiers pour les autres.

Koler examina une carte murale de l'Afrique, repéra le Bangara, l'immense Zaïre, la Tanzanie, et Madagascar, juste en face, une grosse virgule dans l'océan Indien. Il feuilleta une revue qui présentait les groupes folkloriques de la région du Haut-Fleuve, là où étaient supposés se dérouler les combats. En temps normal, les commentaires sur le rythme des danseurs et l'origine de leurs instruments auraient ravi Koler. Il aurait eu plaisir, en conférence de rédaction, à évoquer le langage des pieds et du corps dans l'insondable grammaire africaine. Mais, depuis ce matin, plus rien n'était normal, surtout pas le temps qui filait à toute allure. Ceux qui prétendaient l'avoir vu suspendre son cours, sitôt arrivés en Afrique, étaient de beaux affabulateurs. Ou bien ils n'avaient jamais eu d'article à expédier séance tenante.

La porte s'ouvrit. Koler fut convié à prendre place dans un épais fauteuil de cuir, plus confortable que celui du dentiste. L'ambassadeur était un petit homme sanguin et bavard, aux manières enveloppantes. À peine Koler se fut-il assis que le diplomate se mit à tempêter contre les ronds-de-cuir du Quai d'Orsay dont il attendait encore les réactions à ses derniers télégrammes. Le journaliste se retint de lui avouer que sa prose buvait la poussière dans un lointain sous-sol.

— Il y a trois mois, commença l'ambassadeur, j'ai consacré une longue dépêche au supplice du collier. Vous savez bien..., fit-il, assuré que Koler l'ignorait et l'encouragerait à poursuivre. Imaginez que ceux du fleuve ont fait une descente jusqu'à Bangara. Un culot inouï ! Vous avez déjà joué aux anneaux, dans votre enfance ? Eh bien, c'est pareil ! Ils ont accroché des pneus autour du cou de plusieurs malheureux, ils les ont aspergés d'essence et pfuit, flambés ! En pleine place du marché, un beau matin. Aucun n'a été rattrapé. Vous n'avez pas idée de la haine...

Koler revit un bref instant le marché qu'il avait traversé dans la torpeur du soir. Les gestes lents et précis des femmes, leur dos bombé d'enfants assoupis dans la toile plissée des pagnes. L'ambassadeur interrompit sa rêverie.

— J'ai bien connu l'un de vos prédécesseurs... voyons, comment s'appelait-il ?

Koler risqua quelques noms, dont celui de Larieux.

— Après... Ah, j'y suis : Murène.

— Murène ? reprit Koler sans dissimuler sa surprise.

Il ignorait qu'il eût pu un jour s'intéresser à l'Afrique. Il en voulut un peu à Larieux de le lui avoir caché.

— C'était un vrai colonial, continua l'ambassadeur, soudain attendri ; mais dans le bon sens du terme, si vous voyez ce que je veux dire.

— Non, fit Koler.

— Il savait toujours où se situait l'intérêt de la France. Il était très intime avec le Président. Nous avons souvent chassé ensemble, dans le Nord, à l'époque où c'était encore possible. Mais, aujourd'hui, avec...

L'ambassadeur laissa sa phrase en suspens. Une expression de regret traversa son visage.

— Il faut signaler à vos lecteurs que nous jouons ici une partie serrée, reprit-il. Si le Nord tombe aux mains des rebelles, fini le pétrole ! C'est aussi simple que ça. Alors, qu'on ne cherche pas des poux au Président pour une poignée d'opposants un peu rudoyés !

— Certains ont été exécutés, protesta Koler.

— Nul n'a retrouvé les corps, rétorqua l'ambassadeur. Je vois que vous êtes au courant de certaines choses. Il faudra en reparler. Mais, excusez-moi : j'ai un bridge à sept heures et, contrairement à ce qu'on raconte, les Africains apprécient la ponctualité.

La nuit était tombée d'un coup. Koler retraversa la place du marché. Dans la lueur de rares braseros, il distingua des silhouettes le long du trottoir. Des femmes chantaient à voix basse, accompagnées d'un instrument à cordes. Des odeurs de légumes et de bois brûlé parfumaient l'air. Les enfants, habitués au noir de la rue, poursuivaient des chats maigres. Koler s'avisa qu'il avait faim. Il n'avait rien mangé depuis le déjeuner servi dans l'avion, auquel il avait à peine touché. Une fois à l'hôtel, il demanda qu'on lui montât un demi-poulet dans sa chambre, avec une bouteille d'eau minérale capsulée.

Il était tout juste sept heures. En principe, il disposait du temps nécessaire pour rédiger sa colonne. Il se déshabilla et fit couler l'eau fraîche de la douche. Il demeura sous le jet dix bonnes minutes, immobile, étourdi de fatigue. Une pellicule de poussière s'était formée sur ses bras, dans le creux de sa nuque, au-dessus de ses yeux. Il se frotta énergiquement au gant savonné sans jamais avoir la sensation d'être propre. Il se sécha. Ses mains continuaient de transpirer.

Le poulet était à peine tiède ; les haricots verts, froids. Il les avala d'un trait, déboucha la bouteille d'eau et but au goulot. Il attrapa dans sa poche un comprimé de Nivaquine. Un goût amer lui resta sur la langue.

Il ne pouvait plus retarder l'échéance. Il sortit de sa housse un ordinateur portable et testa le branchement. La prise fonctionnait. Réflexion faite, il se dit qu'il serait plus à l'aise en écrivant d'abord à la main.

Dehors, la nuit s'était épaissie. Nul ne chantait plus. La place du marché était déserte. On entendait un chien aboyer, le grésillement d'un transistor, de longs coups de sifflet.

Koler recommença plusieurs fois les premières phrases de son article. Les mots ne venaient pas, ou de manière confuse et contradictoire. Il aurait voulu se fier à ses impressions : le calme, les sourires, les gestes amicaux, une certaine nonchalance. Le contraire d'un pays au bord de la guerre civile. Mais l'ambassadeur avait ruiné cette belle harmonie avec ses histoires de pneus brûlés. À maintes reprises, il lui avait répété : « Vos lecteurs doivent savoir que... », ou : « Il faut absolument écrire que... », et cela n'avait eu pour effet que d'agacer Koler. Il ne se rangerait pas à l'avis autorisé du diplomate, fût-il plus juste que les images qu'il avait glanées entre l'aéroport et le marché.

Koler devait souvent repenser à l'étrange force de l'âme africaine. À sa capacité de tenir le malheur en respect au bout d'un sourire.

Les feuilles froissées s'accumulaient à ses pieds. Ses débuts devenaient de plus en plus désastreux. Trop « couleur locale », ou trop subtils, ou trop loin des faits, mais quels faits ? Il regarda sa montre avec effroi. Bientôt vingt et une heure. Que voulait-il écrire ?

Il repoussa d'un geste rageur son petit tas de feuillets pour installer l'ordinateur. L'écran émit un bref signal, puis se couvrit d'une douce lumière bleu aquarium. Koler régla l'intensité, avala une gorgée d'eau. Il frappa au hasard sur le clavier. L'apparition de lettres bien nettes le soulagea. Il les effaça et passa encore quelques minutes à se concentrer. L'aiguille de sa montre allait indiquer la demie.

Enfin il se lança. Cette fois, les mots tombaient, clairs, précis, sans fioritures. Sujet, verbe, sujet, verbe. (La blague d'un confrère du journal lui revint à l'esprit : « Pour les adjectifs, tu reviendras me voir. ») Ses doigts couraient sur le clavier. Il enfonçait les touches comme s'il s'agissait de graver chaque lettre dans du plomb. Sujet, verbe, sujet, verbe... Tout le poids de son corps convergeait vers l'extrémité de ses phalanges. Il enchaîna des faits, rien que des faits, en s'interdisant de porter le moindre jugement. À la relecture, il s'aperçut combien le simple alignement des informations pouvait se révéler plus édifiant que tout commentaire. Il avait détaillé la position officielle de la France sans jamais citer l'ambassadeur. Fait état du calme régnant à Bangara, évoqué le supplice du collier. Il s'était abstenu de parler de la peau des femmes sous le soleil, du fond de l'air, des sourires d'enfants, mais avait conclu sur la situation dans le nord du pays, qui ne semblait pas aussi maîtrisée que les autorités le laissaient croire.

Ce serait le seul passage de son article que Murène allait supprimer. Le *semblait* lui apparaîtrait comme imprécis, et ce vieux colonial n'aimait pas le désordre.

Koler retiendrait la leçon.

À dix heures moins cinq, l'article terminé, il relut, corrigea les fautes de frappe, coupa une phrase pour respecter la longueur impartie. Sa colonne tenait debout. Il pressa la touche « envoi ». Aussitôt, le texte disparut de l'écran bleuté. Il venait d'arriver sur une console du journal, à Paris.

Koler éteignit l'ordinateur. Le ronronnement cessa. Il se coucha tout habillé sur son lit et dormit d'un profond sommeil. Il ne s'aperçut même pas que ses mains étaient sèches.

Les piaillements d'oiseaux dans les hauts caïlcédrats le réveillèrent de très bonne heure. Il essaya de capter Radio-Mundi. C'était la seule station à évoquer parfois le Bangara, mais de telle manière qu'on y décelait sans peine le point de vue officiel. Il chercha en vain la bonne fréquence, puis choisit un programme musical. Il crut reconnaître l'air que chantonnaient les femmes, la veille au soir, sur la place du marché.

Le téléphone sonna dans sa chambre. Il supposa qu'il s'agissait de Murène ou de Larieux. Au bout de la ligne, il n'entendit qu'un souffle lointain entrecoupé de voix humaines très affaiblies qui avaient dû traverser la jungle et l'onde lourde des marigots pour déposer au creux de son oreille la respiration végétale de l'Afrique. Le Bangara était connu pour son épaisse forêt trouée de lacs.

Il tenta à plusieurs reprises d'appeler Céline, mais la ligne ne passait pas.

Vers huit heures, on frappa à sa porte. C'était un pli de l'ambassadeur. Il donnait le soir même une réception à sa résidence privée et priait Koler de participer à la fête, s'il en avait le loisir. Le mot « loisir » était souligné.

Koler acheva sa toilette, descendit boire un café et sortit. Il acheta la presse du jour à un vieux crieur aphone. La victoire des footballeurs dans la coupe Cabral faisait la « une ». Les pages intérieures étaient remplies de longs communiqués insipides reprenant les messages adressés par le Président aux personnalités étrangères reçues en audience dans les dernières vingt-quatre heures. Plusieurs clichés le montraient, toujours de trois quarts face, serrant la main du délégué des États africains, du consul d'Allemagne, du représentant des Émirats. Une photo éveilla l'intérêt de Koler : le Président étreignait avec chaleur un petit homme qu'il reconnut aussitôt. L'ambassadeur de France adressait à l'objectif un sourire jovial qui épanouissait encore la rondeur de son visage. Le communiqué n'apportait rien de nouveau. La légende soulignait l'étroitesse des liens entre les deux pays. Koler se souvenait des paroles de Larieux avant son départ : « N'oubliez pas que le président du Bangara a été élu par la volonté de Paris. Je crois que le rôle de notre ambassadeur n'a pas été négligeable. » Koler se demanda comment ce petit bonhomme qui s'écoutait parler en accordant une importance exagérée au bout de ses ongles pouvait peser du moindre poids. Il songea que le bridge de la veille avait peut-être eu lieu en très haute compagnie.

Toute la journée, Koler parcourut la ville à la recherche d'informations. Quelque chose clochait. Il ne savait pas quoi. C'était une impression. Il régnait dans les rues une sorte de liesse qu'il attribua au succès des joueurs de foot. Le marché du matin croulait encore sous les victuailles. Les haut-parleurs diffusaient une musique cadencée qui paraissait distraire jusqu'aux policiers en pantalon-lampion, chargés de régler le trafic aux abords du pont d'acier.

Koler se rendit au siège de plusieurs organisations humanitaires présentes au Bangara depuis de longues années. Il avait besoin d'éclaircissements sur la réalité des combats dans le Nord. Personne ne fut en mesure de l'aider. Il crut tenir une piste lorsque, sortant des locaux de la Croix-Rouge, il croisa un jeune médecin qui rentrait de mission ; il repartait le lendemain et lui proposa de l'emmener. Le journaliste voulut savoir par quelle route on accédait au Nord. Le médecin le regarda, soudain ébahi :

— On ne s'est pas compris. Le Nord est interdit. Mon dispensaire est à Niaké, à trois cents kilomètres vers l'ouest.

Koler ne put cacher sa déception. Le médecin lui tapota l'épaule :

— Écoutez, mon vieux : le Nord est inaccessible depuis six mois. Aucune organisation n'y est admise. Trop dangereux !

— À cause des combats ?

L'autre hésita.

— Sûrement, finit-il par répondre.

À la fin de la journée, Koler était bredouille. Il se sentit un peu en rogne contre lui-même.

Un jour de perdu, songea-t-il.

Heureusement, il n'avait promis aucun papier pour l'édition du lendemain.

C'était la nuit. Il s'étonna de ne l'avoir pas vue tomber. Ou le grand soleil ou l'obscurité : l'Afrique n'offrait rien entre les deux. Il savait pourtant qu'il devrait utiliser toutes les nuances du vocabulaire pour tenter de raconter ce qu'il ne comprenait pas encore.

Il passa se changer à l'hôtel et essaya d'appeler Céline. De nouveau, la ligne était encombrée. Il retrouva dans le combiné le mystérieux silence du matin, percé cette fois d'un cri d'oiseau. En s'habillant, il décida de demander à l'ambassadeur un laissez-passer pour le Nord.

Sous le lampadaire de l'hôtel, il remarqua un jeune cireur de chaussures qui cherchait à attirer l'attention en tapant sur sa caisse de bois. Il avisa ses souliers couverts de poussière et estima qu'un coup de brosse ne serait pas superflu. Il lut dans les yeux de l'adolescent une expression apeurée qui le gêna. Le garçon baissa la tête, attrapa un chiffon enduit de cirage et s'activa, les dents serrées. Puis il tendit la main sans proférer un mot. Une main presque blanche à l'intérieur, dans laquelle Koler fit étinceler une grosse pièce. Le garçon esquissa un sourire ; Koler découvrit au sommet de son front une petite croix tracée à même la chair, deux minces traits pâles.

Il avait déjà vu des visages scarifiés, des joues étrangement griffées. Jamais encore de croix.

Le jeune cireur le regardait de nouveau avec inquiétude et remballa précipitamment son attirail.

Koler héla un taxi et se fit conduire à la résidence de l'ambassadeur. Plusieurs convives étaient déjà arrivés. Des serviteurs en livrée blanche offraient d'office un verre de champagne. Un grand buffet était dressé au milieu d'une salle à colonnades ouvrant sur le jardin éclairé de lanternes. On entendait l'incessant va-et-vient d'un jet d'eau.

Les gouttes produisaient un son mat sur les larges feuilles du bananier planté au centre de la pelouse.

— Cher ami ! s'écria l'ambassadeur en apercevant Koler.

Le journaliste se demanda ce qui lui valait cette soudaine familiarité.

— On m'a faxé votre article de ce matin. Parfait. Très bien ! Vous avez eu raison de ne pas vous attarder sur ces broutilles, là-bas au Nord. Les choses vont rentrer dans l'ordre. Inutile de verser de l'huile sur le feu, fit-il d'un ton insinuant.

Le journal n'était pas encore arrivé au Bangara. Koler était pourtant certain d'avoir consacré la fin de son papier aux troubles du Nord. Murène avait donc coupé ses dernières lignes. La rage qui l'avait abandonné resurgit de plus belle. Il jugea blessants les mots de l'ambassadeur. Lui qui avait veillé à ne pas servir la soupe ! Il sourit à peine lorsque son hôte lui présenta quelques invités de marque, le Premier ministre et sa magnifique épouse, le ministre de la Propagande et sa superbe épouse, le ministre de l'Agriculture et sa charmante épouse, le président du Lion's Club et l'imam de la Grande Mosquée qui arborait un triple menton réservé d'ordinaire aux archevêques ou aux diplomates en fin de carrière.

Koler ne quittait pas des yeux l'ambassadeur tandis que le ministre de l'Agriculture entamait un exposé sur la meilleure façon d'accommoder la banane-plantain. « Il faut à tout prix que je le prenne à part », s'impatientait le journaliste en épiant chaque geste de son hôte. Le ministre de l'Agriculture avait trouvé un auditoire plus réceptif en la personne de l'épouse du Premier ministre. Ensemble, ils examinaient à présent la question du poulet à la sauce arachide.

— Le poulet-bicyclette est bien meilleur, car il court dans la brousse et ses cuisses sont plus fermes, commentait le ministre.

— Ce n'est pas comme ces poulets-avion que l'on fait venir de France et qui fondent à la cuisson ! s'esclaffa l'épouse du Premier ministre tout en s'excusant auprès de Koler d'avoir un peu raillé son « cocorico ».

Mais le journaliste n'avait cure des gallinacés à la sauce cacahuète.

L'ambassadeur, pour sa part, voletait de petit groupe en petit groupe, serrait des mains, congratulait les personnalités importantes ou sur le point de le devenir. Koler profita d'un instant où il était sorti seul au jardin pour se diriger vers lui à grandes enjambées. Il manqua de bousculer un serviteur chargé d'un plateau d'argent rempli de canapés, s'effaça devant un couple très âgé, repartit. Mais l'ambassadeur avait déjà disparu.

Koler marcha dans l'herbe et inspira profondément. Pour la première fois depuis qu'il avait posé le pied en Afrique, il fut parcouru d'une agréable sensation de fraîcheur. Il retrouva enfin le diplomate qui donnait ses instructions à deux employés de maison sur la manière d'installer une table et des fauteuils au-dehors.

— Cher ami ! s'écria-t-il de nouveau en devinant la silhouette de Koler dans le halo des lanternes. Vous plaisez-vous ici ?

— Beaucoup, acquiesça Koler. Mais...

— Oui ?

— Le journal insiste pour que je monte dans le Nord.

— Vraiment ? s'étonna l'ambassadeur d'un petit air soupçonneux.

— Oui, histoire de tirer cette affaire au clair. Depuis deux ans, on ne comprend pas ce qui se passe là-bas.

— Que voulez vous savoir *exactement* ?

— Des choses très simples. Combien d'hommes de chaque côté. Qui leur fournit les armes. Où ils sont. Le nombre de victimes. Les vrais enjeux...

— Vous appelez ça des choses simples !

L'ambassadeur saisit Koler par le bras et l'entraîna vers le fond du jardin. Un sourire restait accroché à ses lèvres, mais ses yeux, d'un noir profond, brillaient d'un éclat impatient.

— Vous êtes jeune, plein de bonne volonté. Permettez-moi de vous donner un conseil : laissez tomber cette histoire. Vous recevrez ici toutes les informations en temps voulu. Si vous le souhaitez, je vous arrangerai une audience avec le Président, une exclusivité. Le vieux Murène, lui, n'était pas si remuant. Tenez, lorsqu'on signalait des troubles, trois fois rien, il rappliquait par le premier avion et le Président le logeait dans une résidence du gouvernement. Murène refusait d'aller à l'hôtel : les climatiseurs étaient sans cesse défectueux et il ne voulait pas prêter l'oreille à toutes les sornettes qu'on entend dans ces lieux publics. Il savait se protéger, Murène. Et il avait du flair ! Les élections démocratiques, il les a suivies en direct du palais, avec tout l'état-major. Il ne pouvait se trouver en meilleure compagnie. Vous comprenez ?

— Il ne s'agit pas de ça, répondit Koler en essayant de garder son calme.

— De quoi s'agit-il, alors ?

— D'un reportage. Voir des choses et les raconter, sans même prétendre les expliquer. Juste montrer.

L'ambassadeur haussa les épaules et esquissa une moue sceptique.

— Mouais. De l'impressionnisme... Dans ce cas, payez-vous un rabatteur.

— Un rabatteur ?

— Je vous le répète, vous êtes jeune. Envoyez un auxiliaire de presse dans le Nord. Ils en ont de très malins, et vaillants, paraît-il. S'il revient, il vous refilera ses tuyaux et vous pourrez écrire. Comment croyez-vous que font la plupart de vos collègues ? Vous imaginez vraiment qu'ils vont risquer de se faire descendre pour de vaines querelles de nègres ?

— Il y en a.

— Allons donc ! Mais ne prenez pas cet air surpris. C'était déjà pareil en Indochine. J'y étais. Les théâtres d'opérations, les journalistes ne s'y ruent pas. Je sais comment ils travaillaient, les Alligator, Barouda et consorts. Au reste, je ne leur jette pas la pierre. La peur... Les lecteurs ne demandent pas qu'on leur dise la vérité. La vérité est ennuyeuse et souvent décevante, triste à pleurer. Non, ils veulent une belle histoire, « *il était une fois* », avec du sang et des larmes. Mais pas la peau du reporter !

Koler avait du mal à avaler sa salive.

— Je ne prétends pas que tous les envoyés spéciaux ont recours aux rabatteurs, nuança le diplomate. Mais les plus raisonnables agissent ainsi. Les autres sont des têtes brûlées. Ça leur rapporte quoi, d'aller voir ?

Le nom d'Alligator commençait à s'imprimer dans l'esprit de Koler. Il le liait d'instinct à celui de Larieux. Il se promit d'éclaircir ce point, un jour.

En attendant, le Nord lui restait fermé. Il en avait assez entendu et décida de se retirer.

Comme il retraversait la salle du buffet, Koler sentit un regard posé sur lui. Il se retourna. Une jeune femme se tenait debout le long d'une colonne, un verre à la main. Elle lui sourit. Il chercha quoi dire, amorça un pas dans sa direction, hésita.

— Vous partez déjà ?

— Oui, je suis fatigué. Le climat, le voyage...

— Restez encore un peu.

La jeune femme s'approcha. Elle était à peine maquillée. Koler nota son extrême minceur, qu'elle essayait de masquer dans une ample robe qui bouffait à la taille. Il n'eut pas à l'esprit, en la regardant, le vocabulaire animalier qu'emploient volontiers les Blancs quand ils dévisagent sans vergogne une Africaine. Non, elle n'était ni une gazelle ni une antilope ; juste une femme dont la poitrine opulente contrastait avec les fines attaches de son corps.

Koler accepta un jus de tomate auquel il ajouta du poivre.

La femme s'appelait Aïssata et travaillait pour une vague fondation. Elle parlait très vite et ponctuait ses phrases d'un large sourire qui ourlait joliment ses lèvres. Koler remarqua, à la racine de ses cheveux, une petite croix tracée dans la chair, semblable à celle du cireur de chaussures. Elle portait un bandeau sur le front, mais il avait légèrement glissé, laissant apparaître le bas de la croix et sa branche horizontale.

La jeune femme s'interrompit. Devinant ce qui intriguait Koler, elle rajusta d'un geste prompt le morceau de tissu. Le journaliste eut l'impression de la voir pâlir. Une lueur s'était en tout cas éteinte sur son visage.

Elle lui demanda ce qu'il était venu chercher au Bangara. Il répondit qu'il souhaitait se rendre dans le Nord et raconta sa déception du matin, à la Croix-Rouge. Il baissa la voix pour exprimer son indignation devant les propos de l'ambassadeur qu'il rapporta *in extenso.*

— Mais qu'espérez-vous trouver dans le Nord ?

— Les combats, les hommes. Des informations.

La jeune femme poussa un léger soupir :

— Vous y croyez, à ces histoires ?

À son tour, elle se mit à parler à mi-voix :

— Les combats, c'est un rideau de fumée pour amuser les Occidentaux. Il se passe des choses autrement plus graves dans le Nord.

— Quoi donc ? la pressa Koler.

— Pas ici. Demain matin, à votre hôtel.

— Je suis au...

— Au Sahélien, je sais. Je vous ai vu en sortir, cet après-midi.

Comme il quittait la résidence de l'ambassadeur, il entendit le ministre de l'Agriculture augurer d'une récolte record de manioc, d'ignames et de riz.

Il avança dans la rue sombre et tira un morceau de papier de la poche de sa veste. Koler reconnut l'emballage insolite des arachides roses. Il le déplia, essaya sans succès de comprendre les tableaux rageusement rayés, puis retourna la page. Ce côté-là portait une inscription manuscrite que le journaliste eut quelque peine à déchiffrer, tant la calligraphie était minuscule. Un taxi avait stoppé devant la résidence de l'ambassadeur. Dans la lumière des phares, une phrase notée à l'encre violette lui sauta aux yeux :

Première impression d'Afrique, la joie

Koler venait de rencontrer le « marchand de sable ».

Le même jour, à la rédaction parisienne, régnait une atmosphère de potaches. Les fêtes de Noël approchaient. L'actualité sonnait le creux. Les chefs de service en profitaient pour écluser les articles qui s'entassaient depuis des semaines. Le trafic des faux foies gras israéliens faisait la « une », et les boîtes de chocolat circulaient de bureau en bureau. Tous les midis, des bouchons de champagne sautaient.

Depuis le matin, la porte de Larieux était restée grande ouverte.

— On ne peut pas garder ce titre ! clamait-il à qui voulait l'entendre, en agitant une morasse.

— Quel titre ? s'enquit un rédacteur en chef qui passait par là.

— « *Concorde perd une partie de sa queue en plein vol* », vous trouvez ça sérieux ? s'étrangla Larieux, goguenard.

— En effet, admit le rédacteur en chef. Mais pas un lecteur ne sait à quoi correspond l'*empennage* de Concorde, tandis que sa queue...

Larieux séchait sur un nouveau titre, quand son téléphone sonna. C'était le réceptionniste.

— On vous demande à l'accueil. Une jeune femme.

— Je n'ai pas de rendez-vous! répliqua vivement Larieux que l'empennage de Concorde commençait à exaspérer.

— Cette jeune femme insiste, monsieur, elle dit que c'est important.

— Pas le temps! fit Larieux. Notez son nom et ses coordonnées, je rappellerai plus tard.

— Il s'agit de Mme Koler, précisa le réceptionniste.

— Mme Koler?

Larieux marqua un silence.

— Bon. Faites monter.

L'espace d'une minute, Larieux pensa à son protégé qu'il avait envoyé au feu. Il ne l'avait pas contacté, préférant le laisser se débrouiller seul avec Murène. Le premier papier de Koler l'avait plutôt rassuré. Le Quai d'Orsay s'était même fendu d'un communiqué pour préciser la position de la France au Bangara, preuve que le compte rendu avait agacé en haut lieu. Si l'ambassadeur, trop heureux qu'on évoquât « son » Afrique, n'avait rien remarqué, les diplomates de Paris avaient bien perçu l'ambiguïté de la politique française et ses incroyables zones d'ombre.

Larieux accueillit la jeune femme dans son bureau. Il lui donna vingt-deux ou vingt-trois ans, pas davantage.

— Vous êtes sans doute la sœur de...

— Sa femme, rectifia Céline.

— Excusez-moi, fit Larieux, pris de court.

Le rédacteur en chef venait de passer la tête par la porte. Il s'inquiétait du titre litigieux.

— Alors, la queue ou l'empennage? pouffa-t-il.

— Va pour l'empennage! répondit Larieux sur un ton faussement enjoué. Et refermez la porte.

Ils se dévisagèrent.

— Je sais que Julien ne vous a pas dit qu'il était marié. C'est un garçon terriblement secret. Il aimerait mieux se couper la langue plutôt que de parler de lui. Moi, c'est le contraire : j'adore parler de lui.

Larieux retrouva en elle la même candeur que chez Koler, la même inquiétude aussi. De temps à autre, son regard tombait sur la photo de Mathilde dans son cadre de bois. Il se demanda si elle l'avait jamais admiré, à l'époque, à la grande époque.

— Que puis-je pour vous?

— Vous ignorez bien sûr que nous attendons un enfant...

— En effet, acquiesça Larieux, troublé.

— Quand sera-t-il de retour?

Larieux réfléchit.

— Une semaine, dix jours au plus.

— Mais que fait-il là-bas? Est-ce si important? Je n'entends évoquer nulle part le Bangara. Nos amis prétendent que c'est une farce et que le Bangara n'existe pas.

La tristesse voilée de la jeune femme l'émut.

Mathilde, dans le cadre de bois, s'était-elle un jour tourmentée pour lui ?

— Il ne court aucun danger, mentit Larieux. Nous allons lui téléphoner ensemble. Vous pourrez lui parler. S'il veut rentrer plus tôt, il sera libre d'attraper le premier avion.

— Oh, merci, monsieur ! s'exclama Céline.

Larieux vit chaque trait de ce jeune visage se détendre. Il remarqua aussi le ventre arrondi sous la robe de coton bleu marine. Il sortit de son sous-main une petite carte sur laquelle figurait le numéro de Koler. La secrétaire tenta sa chance à plusieurs reprises, mais la ligne, décidément, ne passait pas.

— J'essaierai ce soir, promit Larieux. La nuit, la liaison est meilleure.

Céline ne put s'empêcher de fondre en larmes. Le journaliste appela aussitôt sa secrétaire à la rescousse. Il n'avait jamais su consoler une femme qui pleure.

Céline refusa le thé qu'on lui proposa et disparut, décomposée,

Larieux n'eut pas le goût de rejoindre les copains du service des sports pour un buffet aux rillettes arrosé de gigondas.

Tout l'après-midi, il resta seul dans son bureau à fumer cigarette sur cigarette et à tousser bruyamment. Avant de partir, sa secrétaire pénétra dans son antre et ouvrit d'autorité les fenêtres à deux battants. La toux de Larieux redoubla. Il alluma sur un coin de cendrier quelques feuilles de papier d'Arménie, espérant que leur arôme suave viendrait à bout de l'âcre relent du tabac brun.

À six heures, il essaya de prendre contact avec Koler. En vain.

Il relut sans goût les pages de politique étrangère et parcourut d'un œil distrait les autres rubriques, sans même sourciller devant le titre maladroit finalement retenu pour l'incident de Concorde (« *Le supersonique perd en vol son empennage de queue* »).

Vers dix-neuf heures trente, Larieux décida d'aller dîner. Il se promit de repasser vers minuit au journal pour tenter une dernière fois de joindre Koler. Il héla un taxi sur les boulevards et indiqua l'adresse d'un restaurant situé près du Bourget. Il n'y était plus revenu depuis des années. En route, il se demanda si les lieux étaient encore ouverts. Il se souvenait de cette cantine qui ne désemplissait jamais du temps où les avions de ligne décollaient du vieil aéroport. Combien de reportages avaient commencé là, devant une blanquette de veau et une chope de bière, dans le chassé-croisé des pilotes et des voyageurs anonymes tuant leurs dernières heures au sol avant l'aventure...

Larieux ne reconnut pas immédiatement l'entrée. Les fenêtres basses à rideaux bonne femme avaient été remplacées par une large baie vitrée que dominait une enseigne lumineuse plutôt criarde. Le restaurant s'appelait toujours Le

Relais de l'espace, mais les employés avaient changé à l'arrivée de la nouvelle direction. On ne verrait plus Madame Simone qui gouvernait les cuisines et les chats, servait en salle, tablier à la taille, bavarde comme trois pies. Ni Gaston au bar, avec ses indescriptibles chemises à fleurs, ses bretelles et sa bedaine qu'il posait délicatement sur le comptoir avant d'entamer les concours de bras de fer.

Une jeune serveuse vêtue d'un uniforme d'hôtesse de l'air accueillit Larieux et le plaça. Il consulta rapidement la carte, commanda un steak-frites et une bière pression. Le restaurant était devenu un rendez-vous pour les familles. Près de lui, un couple dînait en compagnie de deux enfants. Un peu plus loin, une rouquine tentait de calmer un garçon très excité. Deux « mamies » bavardaient. Soudain, les petits s'égaillèrent. Un espace avait été aménagé à leur intention au fond de la salle. Larieux se leva et avança de son pas bancal qui impressionna une fillette. Les cris cessèrent puis repartirent, plus nourris encore. Sur un tapis bleu trônait un authentique cockpit de Caravelle. Larieux constata qu'il avait fallu surélever le plafond pour loger cette grosse tête d'avion. « Après l'empennage, c'est la journée ! » songea-t-il. Il jeta un drôle de regard à ce morceau d'oiseau à jamais figé. Il songea aux dernières années de Buffalo Bill dans les cirques du Texas, puis à l'expression arrêtée de Mathilde dans son cadre de bois. Sans doute aussi un peu à lui, Larieux, avec sa guibole de plastique et son passeport périmé.

Il se représenta également le « marchand de sable » arpentant seul, un soir d'hiver, les couloirs du Palais des Nations, les bras encombrés de lourds rapports, jetant un ultime regard sur la salle de conférences déserte, adressant un petit mot déjà lointain à l'appariteur avant d'attraper un taxi pour l'aéroport de Genève-Cointrin et d'embarquer en douce à bord du premier vol de nuit à destination de l'Afrique.

Larieux se rappelait précisément les circonstances de leur unique entrevue. À cette époque, il marchait sur ses deux jambes. Son passeport débordait de tampons. Il devait le renouveler plusieurs fois l'an.

Un matin, il avait reçu une communication de Suisse : « Un fonctionnaire international », avait précisé la secrétaire.

— Vos reportages racontent le contraire de ce que nous affirmons depuis vingt ans ! On dirait du parti pris. Voudriez-vous venir me voir ?

La voix était nette et bien timbrée, avec une légère pointe métallique. D'habitude, Larieux refusait ce genre de rencontres qu'il jugeait inutiles. Pourtant, cette fois, il accepta.

C'était un mois de février. Genève disparaissait sous la neige. À l'entrée du parc Aristide-Briand, un écriteau recommandait aux visiteurs de ne pas provoquer les paons. Suivait une liste d'interdits risibles pour la saison, comme la baignade dans les pièces d'eau, les pique-niques, ou encore les promenades torse nu. Nul ne devait enfin ramasser les pièces de monnaie jetées dans le bassin autour de la sphère armillaire, ni se livrer à la moindre manifestation. Larieux conclut que ces dernières dispositions participaient des égards dus aux paons.

Deux jardiniers frigorifiés, qui clouaient un écriteau semblable devant le bâtiment d'aile du palais, lui indiquèrent le chemin le plus simple pour atteindre le Bureau des impressions. Son hôte l'accueillit d'une solide poignée de main. La blancheur de ses cheveux frappa Larieux, mais aussi le bleu pâle de ses yeux, sa taille de géant qui l'incitait à fléchir la nuque lorsqu'il se levait. L'homme semblait tourner comme un fauve en cage dans ce local exigu au mobilier usé qui désignait un fonctionnaire oublié par la carrière. Les rayonnages s'affaissaient sous le poids d'énormes rapports dont la série commençait au millésime 1960. Larieux constata cependant que l'épaisseur des volumes diminuait d'année en année. Le chef du Bureau des impressions avait-il craint de se répéter? Sa collection de sables occupait une pleine étagère. Les flacons, dûment étiquetés, racontaient Brazza et le Kalahari, les dunes du Sahara, les poussières rouges de Zanzibar et d'Aden, des endroits où il n'avait jamais voyagé.

— Monsieur Larieux, je crois avoir lu la totalité de vos articles depuis l'époque du Biafra. J'en suis arrivé à la conclusion que l'Afrique telle que vous la décrivez n'existe pas.

Larieux s'apprêtait à réagir, mais l'homme lui fit signe de le laisser poursuivre,

— À moins, ajouta-t-il, que tous les rapports accumulés entre ces murs reposent sur des données fausses.

— Et à votre avis ?... demanda Larieux.

Son hôte se leva et amorça quelques pas sans répondre. Il attrapa un registre d'impressions, celui de l'année 1966, l'ouvrit au hasard et se mit à lire à haute voix :

« *La main-d'œuvre africaine est paresseuse. Il convient de la stimuler en organisant des distributions régulières de médailles et de diplômes honorifiques...* »

Son œil s'était assombri. Il rangea le volume et en prit un autre qui portait la mention « 1969 » :

« *Les Africains restent arriérés. Leur revenu annuel par habitant n'excède pas cent cinquante dollars dans la bande subtropicale.* »

Il procéda de la même manière avec le registre de 1972 :

« *La mauvaise volonté des indigènes à utiliser nos techniques agricoles laisse penser que la présence occidentale en Afrique sera indispensable pour encore un siècle...* »

Le fonctionnaire s'interrompit et s'approcha du journaliste.

— Monsieur Larieux, j'ai lu sous votre plume que sur le chantier du Transgabonais, les ouvriers tombaient comme des mouches, à raison d'un homme par traverse. Je me souviens du portrait que vous aviez consacré, il y a bientôt dix ans, à un ancien tirailleur sénégalais. Il était fier d'avoir combattu pour la France dans les tranchées les plus meurtrières de Douaumont. Vous citiez la terrible phrase de Clemenceau à propos de la force noire, « à consommer avant l'hiver ». Le Tigre voulait effrayer les Boches avec ses nègres, mais craignait de les voir périr dans le froid de la Meuse... Et moi, pendant des années, j'ai entendu nos meilleurs experts fustiger d'un air compétent la paresse des Africains, leur couardise, leur mentalité infantile, leur refus d'évoluer à notre image. Ici, nous appelons cette faute de goût « sous-développement », c'est plus commode. J'ai cru à ce discours, monsieur Larieux. J'instruisais patiemment le procès des barbares. Je tendais l'oreille à la moindre histoire de sorcellerie ou d'étripage tribal. Mes convictions en ressortaient confortées : il ne fallait accorder aucune confiance à ces dangereux incapables, tout juste bons à se tortiller au son des tam-tams, à taper dans un ballon et à copuler du soir au matin. Je m'accrochais à ma caricature de l'Afrique quand vous en aviez déjà dénombré cinquante aux plus subtiles nuances...

Il s'était assis auprès de Larieux.

— Un jour, vous avez affirmé que l'Afrique poursuivait un projet différent du nôtre. Je n'ai pas oublié vos mots : « *Ce continent grandit à notre insu, selon ses propres exigences dans lesquelles l'argent et le calcul entrent pour une faible part.* » Vous n'imaginez pas combien cette phrase m'a causé de tourments. J'ai d'abord contesté votre point de vue. Partout où l'on m'invitait, à Genève, je répétais : « Les articles de ce Larieux sont infâmes et bons à jeter au feu ! » Les vieilles familles calvinistes comprennent ce langage. Puis un malaise m'a peu à peu gagné. J'ai relu nos registres d'impressions, des plus anciens jusqu'aux derniers. Je me suis souvenu de votre article contre nous. « *Si l'on en croit les services suisses du Fonds mondial,* écriviez-vous, *les Africains gagnent moins de cent cinquante dollars par an. Il faut donc en conclure que tous sont morts, car qui pourra nous expliquer comment vivre ou survivre avec si peu ?* » Plus loin, vous moquiez nos merveilleux tracteurs modèles immobilisés sous le soleil de Centrafrique cependant que des bœufs vigoureusement attelés poursuivaient, impassibles, l'éternel labeur des champs. Ils ne tombaient pas en panne, eux ! Sans doute cela vous a-t-il échappé, mais je vous ai alors adressé un courrier de protestation auquel vous avez négligé de répondre... Dans les semaines qui suivirent, un de vos reportages était consacré aux revenus du Bangara. Vous révéliez les nombreuses sources d'entraide et de troc ignorées de nos valeureux experts... C'était il y a quatre ans. Lors d'une séance publique du Conseil, j'ai émis des réserves sur la pertinence de notre travail au Bureau des impressions. Depuis lors, comme vous pouvez le constater, on n'a pas changé ma moquette et je suis le seul directeur au Palais des Nations à devoir me satisfaire de meubles en aggloméré du début des années soixante-dix. Il est aussi question de déplacer mon département à l'étage des archives, dans un obscur cagibi où le cadre des fenêtres est moitié moins haut que la norme. Voyez quel crime j'ai commis !

Le fonctionnaire s'était levé. Son visage accusait la lassitude. Il avait adressé un timide sourire à Larieux, l'avait remercié d'être venu l'écouter. Il avait inspecté sa collection de fioles et attrapé l'une des plus étonnantes, avec son sable blanc jaspé de lignes jaunes.

— Le Ténéré. Un prélèvement uranifère effectué dans la région d'Arlit.

— Je n'y suis jamais allé, confessa Larieux.

L'homme eut une expression de surprise. Cet aveu paraissait le réjouir.

— Prenez-le, fit-il en lui déposant le flacon dans la main.

Larieux avait protesté, mais son interlocuteur s'était montré insistant, comme s'il voulait à tout prix offrir au journaliste ce morceau d'Afrique qui lui manquait.

— Vous ne serez pas venu pour rien, murmura-t-il.

C'est en le regardant poser une longue cape sur ses épaules et coiffer un chapeau à large rebord qu'il eut la vision fugitive d'un marchand de sable... Ils se saluèrent.

Quelques semaines plus tard, le journaliste avait appris sa soudaine disparition.

Le service traînait en longueur au Relais de l'espace. Larieux commanda un café serré, puis régla l'addition. À minuit, il était de retour au journal. La ligne de Koler restait encombrée. Il entendit seulement dans l'appareil un souffle lointain qu'il avait bien connu jadis : l'haleine de la jungle, l'invisible mystère de l'Afrique.

Pour la première fois, il s'inquiéta.

Deux coups discrets furent frappés à sa porte. Koler se redressa sur son lit. Le jour se levait à peine. Il tendit l'oreille. Dehors montait l'appel du muezzin. Deux autres coups un peu plus forts. Koler enfila un short et ouvrit doucement. Il reconnut les yeux d'Aïssata, la petite croix pâle sur son front.

— Pardon, je vous réveille...

— Pas d'importance. Entrez.

— J'ai préféré venir tôt, pour qu'on ne me voie pas.

Koler sourit.

— Je comprends. Monter dans la chambre d'un étranger au petit matin...

— Vous l'ignorez, mais il ne fait pas bon être chrétien, par ici. Cette petite croix peut nous valoir bien des ennuis. (Elle passa un doigt sur les lignes de chair claire avant de rabattre ses cheveux et d'ajuster son bandeau.) Mais il faut la porter. Celle du Christ était plus lourde encore, n'est-ce pas ?

— Le régime persécute les chrétiens ?

— Persécuter est un grand mot. Ce serait presque trop d'honneur. Nous serions des martyrs. Non. Le pouvoir nous réserve un traitement plus subtil. Il affame les villages du Nord, avec patience et méthode. Il sait que, là-bas, des enfants aux vieillards, tout le monde arbore une croix sur le front.

— Mais personne n'a faim au Bangara ! protesta Koler. Le marché est une orgie de fruits, de légumes, de viande, de plantes qu'on ne voit nulle part ailleurs.

— Vous voulez dire : pas chez vous...

— Hier soir encore, chez l'ambassadeur, j'ai entendu le ministre de l'Agriculture annoncer une récolte record...

Aïssata esquissa le même sourire d'ironie désenchantée qu'il avait remarqué, la veille, lorsqu'il avait avoué son intention d'approcher les zones de combat.

— Ici, ce n'est pas le Nord ! s'écria Aïssata, craignant aussitôt d'avoir parlé trop haut.

Le muezzin avait terminé son appel. Le jour pouvait se lever. C'était aux oiseaux de piailler dans les branches des caïlcédrats.

— Une famine se préparerait dans le Nord et personne n'en saurait rien ? reprit Koler.

— Elle ne se prépare pas. Elle tue déjà. Par milliers. Par dizaines de milliers !

— Si c'était le cas, la FAO aurait déjà donné l'alerte, répéta, incrédule, le journaliste.

— Les comités villageois ont réclamé une

aide au début du printemps, répliqua Aïssata. La requête est restée bloquée à la Primature. Le gouvernement a laissé traîner. Les villages n'avaient plus de quoi s'alimenter entre les récoltes, et la pluie n'est pas tombée. Le manioc est devenu un luxe. Le sac est hors de prix. La plupart des chefs chrétiens ont reçu il y a plusieurs mois un émissaire américain qui est reparti aussi vite qu'il était venu après avoir prodigué quelques bonnes paroles. Le pouvoir central a vu d'un mauvais œil cette prétendue connivence. À cause du pétrole et des Français. Alors, quand ces chefs ont demandé des vivres, le Président a bondi sur l'occasion pour les punir.

— Et la France soutient? demanda Koler.

Aïssata fit une drôle de grimace.

— La France, elle s'abstient. Vous connaissez nos statuettes à trois singes : l'un se cache les yeux, l'autre la bouche, le dernier s'enfonce les doigts dans les oreilles. Voilà la France au Bangara.

— Mais nos soldats combattent les rebelles du Nord?

— Quels rebelles? s'enflamma Aïssata. Il n'existe pas plus de rebelles que d'or en haut des cocotiers. La tâche de vos soldats est indigne. Ils aident les gouvernementaux à repousser les chrétiens du Nord sur les plateaux arides pour les laisser crever de faim.

Koler était abasourdi.

— Il faut des preuves de tout cela, être sûr...

Le jour éclairait à présent la chambre.

— Vous êtes un drôle de type, fit la jeune femme.

— Pourquoi ?

— D'habitude, les Blancs qui font mine de s'intéresser à nos problèmes nous tutoient tout de suite et, s'ils ont une femme en face d'eux, ils ne pensent qu'à la baiser. Dès qu'ils arrivent en Afrique, ils deviennent fous de la braguette. Même ceux en costume, avec leurs mains soignées.

Dans la lumière crue du matin, Koler aperçut les cernes sous ses yeux. Son ventre gargouillait. Elle s'excusa.

— Je vais nous commander un petit déjeuner, décida-t-il.

— Non, protesta la jeune femme en retenant la main de Koler qui déjà s'était emparé du téléphone. Je ne voudrais pas qu'on me trouve ici. Ce ne serait pas bien pour nous deux.

Koler reposa le combiné. Aïssata n'ôta pas immédiatement sa main. Il la sentit sur lui, légère malgré la pression qu'elle continuait d'exercer. Son bras portait de curieuses marques violettes jusqu'à la saignée du coude. Koler feignit de ne rien voir.

— Avec ce bandeau sur le front, personne ne prêtera attention à vous, fit-il en se levant.

— Ils ne sauront pas, mais ils devineront, observa Aïssata.

Les mains de Koler s'étaient mises à transpirer. Le signal ne le trompait jamais. Il lui faudrait écrire tout cela.

— Nous sommes loin de la forêt?

— Ici, on compte en jours. Disons : quatre jours. Mais la forêt, ce n'est pas le Nord, ajouta Aïssata. Prévoyez huit jours pour atteindre les hauts plateaux si la piste est libre.

— Vous pourriez m'y conduire?

Koler avait posé la question sans réfléchir. Il détestait son état fébrile, ses mains moites, l'atmosphère de cette capitale qui lui jouait la comédie.

Aïssata se redressa d'un bond et le prit aux épaules.

— Tu es mon frère! Je crois que tu as été Africain, dans une autre vie...

Elle riait. Son corps se balança, telle une palme sous l'harmattan.

— Je vais prévenir mon petit-cousin. Retrouvons-nous en début d'après-midi à la gare routière, sur les bords du lac. Je sors par-derrière.

Aïssata fila sans bruit. Koler demeura un moment étourdi. Il ne savait s'il devait exulter ou se reprocher son inconscience. À peine avait-il pris la décision de partir que ses mains avaient cessé de suer. Écrire lui parut soudain moins terrifiant que l'idée de ce qu'il allait découvrir.

Le journaliste attrapa son ordinateur et guetta la page bleutée sur l'écran. Il fixa longuement chaque lettre du clavier. Une partie d'échecs venait de s'engager avec Murène. Son adversaire avait un coup d'avance. Koler devait lui montrer qu'il savait placer les mots comme autant de pièces imprenables. La perspective de se bagarrer avec un censeur le stimulait. Et puis la jeune femme l'avait appelé « mon frère »; elle l'avait même tutoyé. Cet élan de confiance l'ébranlait au-delà de ce qu'il imaginait.

Il écrivit un deuxième article sans trop souffrir, avec l'espoir de neutraliser son rival. Il y évoqua l'hypothèse d'une famine dans le nord du pays. Encore se montra-t-il très prudent, évitant d'écrire en toutes lettres le mot *famine*. Il savait que Murène l'aurait aussitôt contré. Sous couvert d'informations chiffrées sur l'état des récoltes au Bangara, il signala une flambée des prix du manioc dans la région forestière du Mogar. Ce renchérissement, expliqua-t-il, est imputé aux tensions que provoque une pénurie de grains dans la zone antésaharienne. *Pénurie* : ce mot serait son cavalier. Il ne devait pas tomber. Il lui fallait atteindre son but, quitte à suivre des chemins détournés.

Koler appuya, confiant, sur la touche « envoi ».

Le temps avait filé. Il jeta en hâte quelques chemises dans un sac de toile, rassembla ses papiers, recouvrit le portable de sa housse et sortit.

Lorsque Larieux finit par obtenir la ligne, le standardiste du Sahélien lui répondit que M. Koler avait quitté l'hôtel depuis moins d'une heure.

Le papier tomba vers midi. Murène s'apprêtait à partir déjeuner avec un vieil ami du Quai, mais il ne résista pas à l'envie de prendre connaissance de ce texte tout chaud. Un vieux réflexe de « canardier », le seul à rattacher encore Murène à l'espèce des journalistes. Bien sûr, rien ne pressait ; l'article n'était pas programmé pour l'édition du lendemain. S'il ne contenait aucune nouvelle jugée d'importance, il pourrait même rester au « frigo » jusqu'au samedi qui s'annonçait très calme.

Au passage consacré à la pénurie régnant dans le Nord, Murène fronça les sourcils. Il relut une fois, deux fois, fit défiler la suite du texte à l'écran, revint en arrière.

Les bureaux étaient à présent déserts. Murène appela son ami du Quai pour l'avertir d'un léger retard, et tira une épreuve papier de l'article. L'écran lui fatiguait les yeux. Il aimait aussi se servir de son stylo à encre rouge.

De nouveau il parcourut le paragraphe litigieux.

« Que ne va-t-il pas inventer ! s'écria-t-il. Une pénurie dans le Nord, avec la récolte historique annoncée par la FAO ! Il s'est fait intoxiquer. »

Murène pestait, mais quelque chose le retenait de couper. Koler n'avait employé aucun conditionnel. La flambée des prix était donc avérée. En revanche, la formulation « *est attribuée à une pénurie au Nord* » était plus floue. Qui attribuait ? Un sourire se dessina sur ses lèvres. Il dut maintenir l'information sur la hausse anormale des prix, mais supprima le commentaire relatif à la pénurie. Par acquit de conscience, il essaya de joindre Larieux. Son poste sonnait dans le vide. Le cavalier de Koler avait chuté.

L'article parut le 11 décembre dans sa version légèrement tronquée. Ceux qui suivaient avec intérêt les affaires du Bangara s'étonnèrent de la flambée locale des prix. Nul n'aurait cependant eu l'idée de l'imputer à une pénurie avant que le Quai d'Orsay n'eût publié une mise au point maladroite. Le chargé des affaires africaines déclara en effet que le marché agricole du Bangara était l'un des mieux organisés du continent et ne pouvait en aucun cas connaître la moindre pénurie. Mais qui avait parlé de pénurie, puisque la main de Murène et son stylo rouge l'avaient rayée ? Le Quai démentit de la sorte une information qui n'existait pas, au moins sous forme écrite. Larieux, qui avait lu la version initiale de Koler, puis le « corrigé » de Murène, demeura perplexe devant la réaction officielle de la diplomatie. Il se demanda si son cher confrère, en bon colonial qu'il était resté, n'éventait pas les enquêtes « sensibles » à paraître dans les colonnes du journal. Avec le sentiment gratifiant d'agir pour le bien de la France et pour sa grandeur.

Larieux se demanda aussi où diable était passé Koler.

Le petit-cousin d'Aïssata mesurait presque deux mètres et s'appelait Demba. Koler les avait rejoints, comme prévu, à la gare routière. Ils s'étaient entassés, debout, dans un autobus bondé d'hommes maigres, de mamas fessues et rigolardes tenant empoignés des ballots plus gros qu'elles. Dans les virages, les passagers du couloir étaient projetés les uns contre les autres. Certains protestaient et adressaient au chauffeur de vifs reproches que celui-ci écartait d'un revers de la main sans même jeter un coup d'œil dans le rétroviseur. À plusieurs reprises, Koler éprouva le contact ferme des seins d'Aïssata. La jeune femme lui souriait gaiement, l'assurait qu'il n'y en aurait plus pour longtemps. « Nous descendrons à Niango. C'est bientôt », répétait-elle après chaque halte. De fines gouttes de sueur perlaient à son front, sur le duvet de ses tempes et l'arc de ses sourcils. Koler hésita à l'interroger sur elle et sa famille.

En cours de trajet, d'imperceptibles changements attirèrent son attention. Lors du premier arrêt, dans un gros village sur la route du Nord, l'autobus s'était à moitié vidé. Le chauffeur avait coupé le moteur et attendu que tous les sièges fussent de nouveau occupés pour repartir. Le marché n'était pas encore terminé et Koler descendit se dégourdir les jambes. Les prix du mil se tenaient. Le manioc et le riz étaient déjà nettement plus chers qu'à la capitale. En soulevant le rabat d'un sac, Koler découvrit avec étonnement le sigle de l'aide alimentaire mondiale. Il demanda au commerçant la provenance de ce riz, mais l'homme fit mine de ne pas comprendre. Aïssata avait trouvé une place assise et Koler ne voulut pas l'obliger à descendre du véhicule pour lui venir en aide. Il s'expliquait mal comment on pouvait vendre du riz destiné aux secours d'urgence. En outre, un détail le troublait : il savait que le programme d'aide alimentaire ne distribuait pas ses stocks au hasard, mais exigeait au préalable les preuves d'une menace réelle. Or nul n'avait enregistré d'alerte récente au Bangara.

Le chauffeur de l'autobus relança enfin le moteur. Koler monta le dernier. Le couloir était de nouveau plein. Il adressa un petit signe à Aïssata qui luttait contre le sommeil.

Ces sacs de riz étaient-ils des envois très anciens remontant à la grande sécheresse de 1972 ? Il avait lu que les Africains ne jetaient rien, qu'ils excellaient dans l'art de réemployer chaque chose. Les roues d'automobiles accidentées renaissaient en fours domestiques, les canettes de coca en jouets d'enfants. De vieux sacs de riz avaient fort bien pu accueillir la récolte de l'année. Petit-fils de vigneron, Koler connaissait l'attrait des tonneaux usagés. Il manquait néanmoins un maillon à son raisonnement : le sigle du programme alimentaire n'était accompagné d'aucune date.

Un autre détail venait encore d'attirer son attention. Un voyageur appuyé contre lui picorait des arachides à l'intérieur d'un cornet dont Koler reconnut aussitôt l'origine. Le rythme de son cœur s'accéléra. L'homme céda volontiers son bien, après avoir vérifié qu'il ne contenait plus aucune cacahuète. Il fut seulement surpris de l'intérêt que ce Blanc pouvait porter à un banal morceau de papier.

Le journaliste remercia d'un large sourire et se plongea dans cette lecture édifiante. Le recto était de nouveau barré de coups de stylo rageurs : « *Les pays d'Afrique sont tous pollués,* affirmait le texte tiré d'un rapport de prospective. *La qualité de l'air y est inutilement élevée, comparée à celle de Los Angeles, Mexico ou Paris. Aussi pouvons-nous envisager une migration massive des industries polluantes vers ce continent.* »

Koler secoua la tête et se tourna vers son voisin qui lui décocha un sourire malicieux.

Au verso, il retrouva la même écriture serrée que la première fois. Une main anonyme avait tracé à l'encre violette ces quelques mots :

Quatrième impression d'Afrique, la fierté

Suivait un bref commentaire sous la forme de notes rapides :

> *Ai rencontré dans un village un instituteur calé en histoire. Il m'a soutenu qu'au* XIIIe *siècle, le souverain du Mali avait offert un éléphant vivant à l'empereur de Chine. Il en conclut que les hommes de sa race connaissaient les secrets de la navigation au long cours bien avant Colomb. D'après lui, c'est un marin africain, originaire de l'ancienne Côte-d'Or, qui indiqua au Gênois les courants se déplaçant vers l'Amérique. Ce jeune maître d'école n'a jamais voyagé en France, mais il est familier de notre culture. Il m'a demandé à quoi aurait ressemblé le royaume de Louis XIV si vingt millions de ses sujets avaient dû s'embarquer de force pour les tropiques. Je n'ai su que lui répondre. Il a souri en me répétant qu'il existait bel et bien une Afrique avant nos ancêtres les Gaulois. Je l'ai prié de me dire laquelle. « Si nous le savions nous-mêmes ! » a-t-il soupiré.*

Koler plia le papier et le rangea dans sa poche avec l'autre. Il aurait donné cher pour trouver les impressions deuxième et troisième du « marchand de sable ».

Lors d'un autre arrêt, plus au nord, le journaliste descendit de nouveau. Aïssata semblait avoir récupéré. Il lui proposa de l'accompagner. Le marché était fini ; les commerçants avaient recouvert les étals de grandes bâches et dormaient sur le dos, une jambe repliée, à même les sacs de grain qui épousaient la forme de leurs corps abandonnés. Le village était très animé, au moins dans sa rue principale qu'occupaient de nombreux jeunes, des chèvres pensives et des feuilles de journal roulées en boule pour les besoins de la plus grande religion d'Afrique : le football.

Soudain, cette foule se figea au passage d'un tombereau tiré par un cheval borgne et suivi d'une procession tout à la fois digne et débraillée.

— C'est un mort, souffla Aïssata. On doit s'arrêter pendant qu'il passe.

Donc la vie s'arrêta.

Mais pas les chèvres qui broutaient. Ni les ballons de papier.

Le cortège bifurqua sur un chemin de latérite en direction du cimetière.

Koler avait une idée en tête ; suivre le cortège. Aïssata ne fit rien pour l'en empêcher.

— Je t'attends à la station. Ne tarde pas trop.

Il eut peine à reconnaître un cimetière dans ce terrain vague hérissé de croix chancelantes, parmi d'épaisses broussailles semblables à du fil barbelé. Il choisit de se tenir à distance de la cérémonie et inspecta les allées irrégulières entre ce qu'il supposait être des tombes. D'instinct, il se dirigea vers l'aile gauche du périmètre que des hibiscus baignaient de leur ombre généreuse. Il finit par trouver ce qu'il recherchait. Sur une surface grande comme la moitié d'un terrain de football, la terre était fraîchement retournée. Des combats ? La faim ? Les corps de fuyards du Nord abattus par les soldats ? La dimension modeste de certains emplacements laissait deviner des corps d'enfants. Dans ce village proche du Nord, Koler avait remarqué que tous les habitants ne portaient pas de croix au front. La population était mélangée. Aucune animosité n'était néanmoins perceptible. Au passage du tombereau, même les musulmans avaient cessé leurs activités.

Koler rebroussa chemin. Il aurait aussi voulu voir le cimetière signalé par un croissant de plâtre aux abords de la mosquée. Mais déjà Aïssata courait à sa rencontre. L'autobus repartait.

Jusqu'à leur destination finale, la jeune femme ne posa aucune question à Koler sur ce qu'il avait observé. Le matin, à l'hôtel, quand il lui avait demandé de prouver ses dires, elle avait répondu qu'elle ne chercherait pas à l'influencer autrement qu'en le conduisant sur la bonne voie. Comme si elle avait eu honte, pour elle, pour ses frères, pour toute l'Afrique et pour tous les hommes de cette terre, de ce qu'il découvrirait fatalement.

À Niango, Aïssata l'entraîna vers la sortie de l'autobus. Koler buta contre un panier rempli de poules et manqua de s'étaler. Des plumes volèrent. Des rires aussi. Demba était déjà en marche.

Ils quittèrent la route goudronnée avant de s'enfoncer sur une piste bordée de flamboyants. Koler emplit ses poumons. Ce n'était plus le même air que celui du premier jour, à l'aéroport. La végétation dégageait une forte odeur de chevelure mouillée. Demba les guidait. Koler n'avait pas entendu le son de sa voix depuis le départ. Aïssata lui expliqua plus tard que son cousin avait perdu l'usage de la parole à la suite d'un traumatisme survenu dans son enfance. Elle n'en dit pas davantage.

Ils progressaient à présent sur un étroit chemin forestier qui longeait un lac aux berges couleur sable. De longs oiseaux fusaient sur l'onde. L'air qu'ils déplaçaient avec leurs ailes immenses crénelait l'eau de minuscules vaguelettes. Koler contemplait ce spectacle tout en veillant à ne pas se prendre les pieds dans quelque racine. Il eut envie de savoir s'ils rencontreraient des éléphants et des girafes. Au sommet d'un promontoire, il indiqua à Aïssata une masse grise qui se dirigeait vers le point où le lac s'étranglait pour devenir fleuve. La jeune femme se pencha. Il lut la fatigue sur son visage. Ils cheminaient depuis trois heures. La nuit n'allait pas tarder à tomber.

— Un hippopotame, dit Aïssata. Nous sommes à l'embouchure. Il se laisse couler, puis se place dans la trajectoire du courant. Comme ça, il ne sent plus son poids. Ce stratagème lui permet de se mouvoir rapidement. Ça n'est pas comme nous...

En effet, la masse amphibie progressait à vive allure.

— Continuons, reprit-elle.

À chaque pas, Koler mesurait son ignorance. Ni ses études ni ses lectures ne l'avaient préparé à connaître l'Afrique. Il se souvenait des assommantes conférences d'explorateurs auxquelles son père le traînait, enfant, salle Pleyel. Il revenait toujours renforcé dans l'idée que les voyages aux tropiques ne servaient à rien d'autre qu'à courir des dangers inutiles pour ramener des photos floues et des masques hideux. Un soir qu'il assistait à la projection d'un film d'amateur montrant la lutte terrifiante d'un éléphant aux prises avec un boa, son voisin, un monsieur d'un certain âge armé d'une grosse moustache, avait eu ce commentaire : « Voyez-vous, jeune homme, l'Afrique, il faudrait se contenter de la survoler. Dès qu'on se pose, on y découvre des horreurs. Saint-Ex le savait. Il gardait une certaine hauteur de vue, ça vaut mieux pour la poésie. Quand il s'est abîmé dans les sables, notez qu'il n'a pas imaginé un enfant noir, mais un freluquet blond et bouclé. Croyez-moi, le Petit Prince n'est pas un albinos... »

Koler repensait à ce vieux barbon en suivant d'un œil ravi et envieux la course tranquille du gros hippopotame qui, avec sa tonne de muscles et de graisse, leur brûlait la politesse.

La nuit descendit derrière la haute cime des

fromagers. Seule une marge du ciel résistait aux confins de l'horizon, comme si le soleil, avant de se retirer, l'avait investie de ses dernières forces. Demba alluma une lampe-torche. Aïssata invita Koler à passer devant elle. Il sentit sa respiration dans son dos. Le rayon de lumière qui tremblait de gauche à droite lui rappela ces après-midi d'école buissonnière, lorsqu'il suivait l'ouvreuse dans le noir d'un cinéma, face au grand écran qui retenait encore ses mystères.

— Nous y sommes, déclara Aïssata.

Elle adressa quelques mots à Demba. Puis une voix d'homme troua l'obscurité. Koler distingua une forme sombre et le point rouge d'une cigarette. Ils se hâtèrent. Une pluie tiède s'était mise à tomber. Koler tendit l'oreille. L'eau sur les feuilles résonnait comme sur la peau d'un tam-tam. Ce bruit éveilla en lui un souvenir familier, si lointain pourtant, pareil au nom d'un ami qu'on n'a plus prononcé depuis une éternité, mais qu'on se surprend soudain à répéter avec plaisir. Le souvenir de la frangipane dans la bouche d'un enfant qui rêve d'être roi, un roi pour rire, avec une fève en ivoire et une couronne de papier doré... Mais Koler savait qu'ici, les rêves de roi n'amusaient personne.

Un singe lança son cri. Un oiseau lui répondit, puis des crapauds, des nuées d'insectes aux vibrations de guimbarde. Koler tressaillit. Combien étaient-ils, invisibles, à ce concert de la pluie? Il reconnut ce faux silence de la jungle que lui avait déjà exhalé le téléphone de l'hôtel, l'autre matin.

Maintenant, tout avait changé. Koler n'était plus le témoin étranger de cette respiration. Il lui appartenait.

La voix d'homme perçue dans la nuit avait aussi un visage. Celui d'un vieillard émacié aux yeux éteints. Aïssata échangea quelques mots avec lui. Ils pénétrèrent à l'intérieur d'une cabane où mijotait une grosse marmite de riz. Une membrane laiteuse couvrait le regard du vieux. N'était le noir de la peau, il eût ressemblé à l'une de ces statues aveugles de Pompéi ou de Salammbô. Koler osait à peine le dévisager. Ils prirent place autour du foyer. Le vieil homme passa de l'un à l'autre avec un récipient rempli d'eau et un morceau de savon craquelé aussi dur que la pierre. Ils se lavèrent les mains en silence. Tous étaient fourbus. Koler regarda Demba et Aïssata prendre le riz brûlant au bout de leurs doigts, le pétrir et le rouler avant de l'engloutir en mastiquant longuement. Il tenta de les imiter. Le vieillard les observait. Koler se demanda ce qu'il pouvait bien voir à travers ses limbes humides. Ils partagèrent ensuite une cuisse d'agouta et un poulet.

— Mange, l'encouragea Aïssata. C'est sans doute notre dernier vrai repas avant plusieurs jours.

Le vieux proposa encore du riz à Koler. Le journaliste était repu. Il avait beau frotter ses mains contre la toile rêche de son pantalon, elles se couvraient aussitôt d'un film de moiteur. Il consulta sa montre. Il était à peine huit heures du soir. Sa tête bourdonnait. Le visage de Céline s'imprima dans la demi-obscurité.

— Tu dois écrire ? interrogea Aïssata.

Dans sa bouche, ces mots ressemblaient moins à une question qu'à un ordre.

Koler regarda une goutte de sueur se former au creux de sa main et parcourir ce qu'il ignorait être sa ligne de vie.

— Je pourrai transmettre ?

— Une antenne est installée pas très loin, dit Aïssata. Demba te conduira. Mais dépêche-toi : le délestage commence à vingt et une heures et dure jusqu'au matin.

Le journaliste calcula qu'il disposait d'à peine cinquante minutes. L'éclairage était trop faible pour lui permettre d'étaler ses feuillets. Il s'inquiéta tout à coup de la batterie du portable. Son autonomie n'excédait guère une heure. Puis il repéra un coin dans la pièce où se trouvait un tabouret. C'est là qu'il tenta de s'isoler. Il agissait à gestes très lents qui trahissaient une extrême tension intérieure. Pendant qu'il dégageait l'ordinateur de sa housse et vérifiait les raccordements, il revécut à l'accéléré chaque scène de la journée, les villages, le marché, le cimetière, les gens. Il n'avait pris aucune note. Le bus était trop chahuté, puis ils avaient traversé à pied une bonne partie de la forêt. Il redoutait de se fier à sa seule mémoire, bien qu'il la sût fidèle. Depuis l'enfance, la mort accidentelle de son père, le naufrage de sa mère dans l'alcool et les cachets, les articles du Code pénal à l'époque où il étudiait le droit criminel (il connaissait par cœur les textes relatifs à la tentative d'assassinat), Koler n'avait rien oublié de ce que l'existence peut réserver de pire.

Il s'installa sur un simple rondin et alluma l'ordinateur.

Comme à l'accoutumée, il se demanda s'il serait capable d'écrire la première phrase. Il essaya de repenser à la façon dont il s'y était pris les autres fois, mais cela ne lui fut d'aucun secours. Il songea que c'était sûrement ça, l'expérience : avoir moins peur des choses qui gardent leur mystère. Il avait lu un jour une réflexion de ce genre sous la plume d'un auteur : l'écriture est un secret. Mais Koler ne se voyait pas comme un écrivain. Il brûlait en revanche de mériter le titre de journaliste dans la mesure où il contenait en entier le mot *jour.* Il fallait coûte que coûte saisir la nouvelle dans l'instant, la donner sans attendre, avec ses ombres rapprochées, ses traits aveuglants, et, toujours brisé, toujours coupant, le miroir de la vérité.

Koler inspira profondément et guetta le signal sonore de l'ordinateur. Il n'entendait plus rien, dans la pièce assombrie, que le ronronnement de la machine qui lui répondait en fouaillant sa mémoire. Il ferma les yeux, les rouvrit. Son regard plongea dans la lumière bleue de l'écran. Il se souvint qu'il avait laissé tous les extraits de presse sur le Bangara dans sa chambre d'hôtel.

L'espace d'une seconde, il se le reprocha. Peut-être aurait-il repris confiance en examinant de près comment ils s'en étaient sortis, eux, les Alligator, les Barouda, les Larieux. La batterie donna quelques signes de faiblesse. Koler sentit sur lui le regard intense d'Aïssata, le regard muet de Demba, le regard voilé du vieux.

Il frappa un mot, puis cinq, une phrase, puis deux. C'était commencé. Sujet, verbe, sujet, verbe... Ses doigts couraient à présent sur le clavier. Le bus, le marché, la présence insolite du sac d'aide alimentaire, l'autre village, les croix sur les fronts, le cimetière, la terre fraîche. Point final. Il relut, calibra, titra, coupa un peu, appuya sur la sauvegarde. Il avait eu soin de concentrer les informations qu'il jugeait essentielles dans l'attaque des premiers paragraphes. Koler n'avait pas beaucoup de métier, mais il était plein de bon sens. Il savait qu'on lit plus sûrement le début d'un papier que sa fin. Il savait aussi que les démarrages sont moins faciles à supprimer que les chutes.

Koler n'évoqua ni les hippopotames ni les écrits tremblés du « marchand de sable ». Pourtant, il ne pensait qu'à cela.

Demba le précédait avec la lampe-torche. Ils contournèrent la cabane du vieux et, dans le rayon de lumière, Koler distingua le reflet d'un rétroviseur. Une automobile était camouflée sous un maquis de branchages et de feuilles. Aïssata les avait rejoints. Elle aida à dégager le véhicule.

— Tu viens aussi? interrogea Koler.

— Non, je préfère me reposer. Demain sera une longue journée.

Koler avait déjà remarqué combien la jeune femme s'essoufflait vite. Il lui souhaita bonne nuit.

Demba lança le moteur du *pick-up*. Il démarra sans difficulté. Koler s'était assis à la place du passager. Il tenait son portable serré contre lui. Les phares de la voiture éclairaient les yeux ronds ou fendus d'animaux sans silhouette.

L'antenne était une simple guitoune au toit pointu qu'un câble épais reliait à un immense pylône planté, telle une tour Eiffel, au milieu de la jungle. La présence de la ligne se manifestait par un sifflement continu de faible intensité.

Deux hommes veillaient. Ils accueillirent Koler sans poser de questions.

Il brancha l'ordinateur et tapota le code d'accès au journal. Son texte s'afficha sur l'écran bleu, puis disparut d'un seul coup. Il referma le portable. C'était fini.

Il essaya d'imaginer le visage de Murène, de l'autre côté de l'échiquier.

— Téléphoner ? lui demanda l'un des veilleurs en lui tendant une sorte de combiné.

— Je peux ? s'étonna Koler.

L'homme acquiesça en souriant. Le journaliste s'aperçut que l'installation, malgré son aspect rudimentaire, était assez sophistiquée. Une tresse de cuivre courait jusqu'au pylône et c'est ainsi que les curieux aiguilleurs de la nuit captaient sur une bande de fréquence la plupart des grandes radios de la planète, sans en comprendre aucune. Koler entendit des voix italiennes, russes, anglaises, avant de reconnaître l'indicatif de Radio-Mundi.

— Téléphoner ? insista l'homme.

Koler composa son numéro à Paris et attendit. Il s'en voulut de ne pas y avoir songé plus tôt. Dans la guitoune, il faisait étouffant. Ses lèvres étaient sèches, sa gorge le piquait. Il eut envie de pastilles Vichy. Il se représenta le petit polygone qui laisse une poudre blanche sur le bout des doigts. La tonalité se prolongea comme des pointillés sonores dans la nuit. Combien de mondes fallait-il traverser entre la jungle et le Ve arrondissement endormi ?

À la deuxième sonnerie, il reconnut la voix de Céline :

— Oh, c'est toi !

La joie de sa femme éclata.

— Chéri, où es-tu ? J'étais si inquiète !

La liaison était d'une netteté sidérante.

Cela accentua son trouble, comme si Céline s'était trouvée à deux pas de lui et avait pu l'apercevoir de sa fenêtre. Elle l'assaillit de questions auxquelles il répondit à peine.

— Quand rentres-tu ? demanda-t-elle enfin.

— Bientôt, rassure-toi.

Il promit de rappeler.

Le matin même, Céline s'était rendue au centre d'échographie. Un garçon. Elle n'eut pas la présence d'esprit de l'annoncer à Koler.

Demba attendait, le dos contre la portière du *pick-up*. Ils rentrèrent chez le vieux.

Tout était sombre. Le souffle rauque d'Aïssata enveloppait la pièce. Elle dormait sur une natte, près du tabouret. Demba indiqua au journaliste un matelas, non loin de la marmite encore tiède. Puis il disparut par une trappe dans le plafond. Malgré la fatigue, Koler trouva difficilement le sommeil. Une drôle d'idée perturbait son repos. Il se dit qu'Aïssata ne l'avait pas accompagné jusqu'à la guitoune pour éviter de l'entendre téléphoner à Céline. La jeune Africaine avait sans nul doute vu briller son alliance.

Aïssata vint secouer Koler dès l'aube. Demba avait déjà préparé du café. Le journaliste ne l'avait pas entendu descendre, non plus que le vieux qui dormait aussi par-dessus la trappe. Aïssata déploya une carte en accordéon déchirée aux pliures.

— Voilà le Bangara. Nous sommes ici.

Son doigt désignait un point au début de la zone forestière. Le pylône satellitaire était indiqué juste à côté. Ne figurait en revanche aucune route.

— Nous devrons faire un grand détour pour éviter les patrouilles qui se concentrent le long du fleuve, expliqua la jeune femme. C'est souvent par là que les gens du Nord essaient de s'enfuir. Quand ils atteignent la forêt, ils se croient sauvés et relâchent leur attention. Les soldats les tirent alors comme à l'exercice. Cela risque d'être long, car ils sont plus nombreux depuis deux jours. Le vieux me l'a confirmé. Nous avancerons par zigzags. Demba connaît les pistes. Nous franchirons le fleuve au pont supérieur. Il est peu surveillé à cause des rapides en amont. C'est un pont de lianes, mais les forestiers possèdent une technique pour tracter le véhicule.

— Elle est sûre ? s'inquiéta Koler.

— Comment crois-tu que nous sommes arrivés, Demba et moi ?

Le *pick-up* soulevait une fine poussière rouge qui marbrait les visages. Demba sortit ses lunettes de soleil et Aïssata un foulard qu'elle attacha au-dessus de son nez. Elle tendit à Koler une casquette à large visière aux couleurs d'une équipe de basket américaine. Ils longèrent pendant des kilomètres une immense plantation de cacao truffée de bananiers, de pousses de maïs sauvage et de baobabs aux feuilles serrées comme des poings. Le *pick-up* déboucha sur une clairière où se rejoignaient une multitude de chemins. Demba ralentit, hésita, choisit finalement une piste étroite qui sinuait à travers un océan d'acanthes. Ils atteignirent les premières cases d'un campement. Des femmes entourées d'enfants pilaient du manioc. Le sol était jonché de feuilles.

— Un poste de forestiers, annonça Aïssata. Rien à craindre.

À la sortie, un gamin marchait pieds nus, une poche de plastique remplie d'eau claire dans chaque main.

— Arrête-toi, Demba, demanda-t-elle.

Aïssata s'enquit du prix de l'eau. Koler ne comprenait pas ce qu'elle disait, mais il lui parut qu'elle tançait l'enfant.

— Il a crapahuté trois kilomètres, alors il ne veut pas les vendre, expliqua Aïssata. Sinon, il devra rentrer chez lui, prendre d'autres sachets, puis s'en retourner au fleuve.

Le gamin finit par céder un sachet. Pour le trouer, il tendit aussi une épine d'acacia qu'il plaça à l'intérieur d'une feuille de papier pliée en salière. Aïssata tendit à Koler ce butin âprement négocié. Le sachet gonflé d'eau lui rappela les kermesses de son école, quand il en revenait, tout heureux, avec un poisson rouge tournoyant dans la transparence d'un petit sac. Sa mère le grondait et fichait le poisson à la poubelle. « Si encore on pouvait le bouffer ! » maugréait-elle.

En saisissant l'épine du bout des doigts, le journaliste retomba sur un extrait de rapport officiel du Fonds mondial. Il en oublia de boire et rendit l'eau à la jeune femme.

Il s'agissait cette fois de la liste des pays africains considérés comme de mauvais payeurs. Les noms étaient rayés du trait rageur habituel. Au dos, la même écriture violette triomphait :

Septième impression d'Afrique, la révolte

Contact rugueux mais instructif avec El Hadj, un jeune intellectuel. Son oncle est le grand écrivain du fleuve, Hamidou Kane. Nous nous sommes connus sur le circuit du Dakar. Il fulmine contre ce cortège pétaradant qui traverse les villages en trombe. Je l'ai invité à se calmer. Il m'a lancé qu'il se désintéressait du calme. Je lui ai dit que même la mer redescendait après la marée haute, « Si c'était vrai, a-t-il rétorqué, elle nous aurait rendu nos frères partis depuis trois siècles. » Je ne suis pas parvenu à le raisonner.

Mes registres d'impressions ne m'ont guère préparé à pareilles rencontres. (Je relis un passage du volume de 1973 que je tenais pour meilleur que les autres : « L'Afrique est le continent des idées simples, comme si un seul cerveau commandait quatre cents millions d'humains. » Je suis atterré !)

Mon interlocuteur me demande mon avis sur le rallye. Venant de Genève, je me déclare neutre. Ma réponse l'indigne et il me le fait savoir. Il me répète les paroles de son oncle : « Ce que le Blanc nous apprend ne vaut pas ce que nous avons oublié. »

Il m'assure que, dès le siècle prochain, l'Afrique sera présente au grand banquet de l'Universel. J'ai envie d'y croire avec lui.

Le *pick-up* repartit. Koler garda le silence. La jeune femme perça la peau de plastique et but à la régalade en dirigeant le mince filet d'eau vers sa bouche. Un cahot arrosa son front poudré de rouge. La croix de chair prit un reflet d'argent.

Le bruit lancinant du moteur les empêchait d'avoir une conversation suivie. Ils échangeaient quelques mots de plus en plus espacés à mesure que la fatigue et la chaleur montaient. Aïssata cherchait souvent le regard de Koler.

Ils roulèrent de très longues heures. Les grands arbres les protégeaient du soleil, mais l'atmosphère les vidait de leur eau. Le journaliste se liquéfiait comme au sauna de la place des Ternes où l'avait entraîné parfois Céline avant leur mariage. Aïssata aperçut en contrebas de la piste un groupe d'adolescents qui gaulaient des noix de coco à l'aide de longs bambous. Elle fit signe à Demba de s'arrêter et sauta à bas de la voiture.

— Juste une minute, fit-elle avec une joie d'enfant.

Elle partit au-devant des jeunes gens qui l'accueillirent gaiement. L'un d'eux marchait déjà dans sa direction avec, dans ses bras, quantité de noix fraîches. D'un coup de machette, il en fendit une par la pointe, comme on décapite un œuf à la coque. Aïssata but la première et dégusta un peu de la chair blanche restée collée à l'intérieur du chapeau. Elle tendit ensuite le fruit à Koler. Au moment de poser sa bouche sur l'entaille fibreuse et mal ébarbée, il remarqua le dessin rougeâtre des lèvres d'Aïssata. Le jeune homme trouva dans cette empreinte de latérite le goût d'un baiser volé : baiser de terre et de lait.

Le soir venu, ils s'éloignèrent de la piste. Demba gara le *pick-up* sous un arbre dont le tronc ressemblait à l'écorché d'un bras humain.

Une branche basse qui jaillissait à l'horizontale lui permit de suspendre deux moustiquaires ; elles déroulèrent leur résille blanche jusqu'au sol, et ce furent comme deux fantômes lâchés dans la nuit d'Afrique.

Puis Demba déplia les lits de camp sous le crible des moustiquaires.

— Lequel prends-tu ? interrogea Aïssata.

— Et Demba ? s'informa Koler.

— Il dort toujours dans la voiture. En abaissant le siège, il peut étaler ses grandes jambes. Là-dessus, il déborderait de partout.

Koler sourit.

— Ça m'est égal. Le plus près du tien...

Aïssata sourit à son tour. Ils étaient si moulus qu'ils renoncèrent à dîner.

Koler se demanda s'il ne perdait pas un peu la raison, comme si les changements imposés à son organisme dépaysaient aussi sa manière de penser. Une étrange idée lui trottait dans la tête, incongrue au possible et pourtant sensée. Il se dit sérieusement qu'on ne pouvait avoir faim dans un pays aussi chaud. Soif, oui. Mais faim ! Il se sentait incapable d'avaler le moindre aliment solide. C'était plutôt curieux de raisonner de la sorte sur le continent des famines. Il se refusa pourtant à croire qu'il était fou. Il conclut simplement qu'il avait besoin de repos. Son esprit bifurqua vers la septième impression du « marchand de sable ». Il rêva d'un grand Banquet des nations. L'Afrique y aurait troqué ses habits de mendiant contre les atours d'une reine de Saba.

Au milieu de la nuit, un bourdonnement aigu le tira du sommeil. Il agita la moustiquaire, entrouvrit les yeux. Le silence retomba. Il resta sur le dos, bras croisés derrière la nuque, et respira profondément. La température était agréable, presque fraîche. Il se sentait bien. Il avait même un petit creux, ce qui le rassura sur son état.

— Tu ne dors pas ? demanda soudain Aïssata.

— Si, fit-il en ouvrant bien grands les yeux.

— Moi aussi, répondit-elle.

— C'est drôle de parler tout en dormant, continua Koler.

Sans distinguer son visage, il devina que la jeune femme regardait dans sa direction.

— Un moustique m'a réveillé. J'ai un vieux compte à régler avec les moustiques, poursuivit le journaliste. Plutôt avec *un* moustique. Africain, par-dessus le marché.

— Que dis-tu ?

— Une drôle d'histoire. Quand j'étais enfant, nous habitions à proximité des pistes du Bourget. Nous avons assez vite déménagé, car ma mère devenait folle. Mon père, ça ne le gênait pas. Il ne rêvait que de voler. Parfois, il rentrait surexcité à la maison. Il surgissait dans le salon et s'écriait d'une voix triomphale : « Je suis arrivé en même temps que le Tenerife-Paris ! » Il était heureux pour la soirée. Il avait l'impression d'avoir participé au voyage, d'être un membre de l'équipage resté au sol. Le pauvre bougre est mort dans un accident de mobylette, et, malgré toutes les conférences d'explorateurs qu'il m'a emmené écouter, il n'a jamais connu d'autre trajet que celui de la maison à l'usine.

Koler se tut. Il pensait à son père. À Larieux, aussi.

— Et le moustique? s'enquit Aïssata.

— Ah oui, le moustique... Un jour, je suis revenu de l'école avec une fièvre de cheval et des courbatures dans tout le corps. J'ai vomi le déjeuner de la cantine, qui d'ailleurs n'avait guère été fameux. Ma mère a appelé le médecin. Il m'a examiné, palpé, exploré le fond de l'œil, de la gorge. Il a dit à mes parents : crise de paludisme. Mon père s'est contenté d'ouvrir des yeux ronds, cependant que ma mère éclatait en sanglots. Pour elle, le « palu », c'était à peu de chose près le choléra. Le docteur m'a prescrit des comprimés de quinine. Dès le lendemain, j'étais rétabli. Une semaine plus tard, le journal a relevé plusieurs cas étranges de paludisme chez des individus qui n'avaient jamais séjourné plus au sud que Clermont-Ferrand. Tous vivaient dans le périmètre du Bourget. On a fini par comprendre qu'un vol d'Air Sénégal avait été mal décontaminé. Quand l'appareil avait ouvert ses portes en France, plusieurs moustiques clandestins avaient piqué un raid dans les environs. L'un d'eux m'avait en quelque sorte choisi... Note que je ne me plains pas. Je n'ai plus jamais souffert du palu. Un mois après cette affaire, nous avons déménagé à Clichy. Quand ma mère voyait passer un avion, elle m'obligeait à rentrer à la maison.

De véritables convulsions secouaient Aïssata.

— C'est bien la première fois qu'un Blanc me fait rire ! lança-t-elle en se trémoussant dans son lit de toile. Au fond, j'avais raison...

— Raison de quoi ? réagit Koler, surpris.

— Tu es un Africain ! Un Blanc impaludé, c'est déjà un Africain !

Larieux s'était levé du pied gauche — son pied articulé. Au journal, il salua les secrétaires du bout des lèvres et claqua la porte de son bureau derrière lui. Il pétuna toute la matinée comme un diable, croyant donner le change en allumant quantité de feuilles de papier d'Arménie qu'il extirpait d'un minuscule paquet bleu. Il ne songea pas à ouvrir la fenêtre, car l'air frais déclenchait chez lui d'interminables quintes de toux. C'est pourquoi, lorsque, vers midi, passant la tête avant même d'avoir été prié d'entrer, Murène frappa au bureau de Larieux, il évita de refermer la porte de la pièce dont l'atmosphère était devenue irrespirable.

Larieux lut d'emblée sur le visage de Murène une expression de contrariété. Son visiteur tenait à la main l'épreuve d'un article qu'il agitait avec véhémence.

— Cette fois, non! cria-t-il en s'asseyant. Nous serons ridicules. Il faudra démentir...

— De quoi s'agit-il? demanda Larieux, qui

devinait déjà le motif de la présence de Murène. À vrai dire, il l'attendait. Il espérait même cette minute depuis vingt ans. Larieux avait de la patience. Mais il lui fallait une occasion. Il l'avait trouvée avec Koler. Un vrai reporter, un type qui raconte ce qu'il voit : cela ne pouvait plaire à Murène. Larieux avait donné une consigne à ses secrétaires : puisqu'il ne disposait pas d'ordinateur, il souhaitait recevoir copie des articles de Koler dès leur arrivée. Aussi avait-il pris connaissance du texte décrivant les scènes de marché, les enfants au front marqué d'une croix, l'indigence du cimetière. Cette lecture avait même été son unique moment de satisfaction au cours de cette matinée maussade. « Koler a eu le déclic », se réjouissait-il en lisant son papier. Le style était dépouillé, sans effets. Larieux imaginait la tension du jeune homme quand il avait dû se lancer. L'attaque était directe, le rythme rapide. Combien de mots refusés à la facilité pour ne garder que ceux-là, les meilleurs, les plus simples. « Il a compris qu'un article est une grande soustraction. Une merveilleuse ellipse », se disait Larieux.

Non, il ne fut pas surpris de voir Murène brandir le texte imprimé avec des gestes d'incendiaire.

— Je vous écoute, déclara Larieux d'une voix placide.

— C'est au sujet de Koler.

— Oui...

— Le papier d'hier soir est impubliable. Trop d'approximations, de sous-entendus. Et, surtout, du pittoresque à la pelle : des marchés, des villages, des gamins et même un cimetière chrétien. Nous ne sommes pas *France Dimanche* ! S'il veut émouvoir, sa place n'est pas ici.

— Quels passages vous contrarient ? demanda poliment Larieux.

— Tenez, lisez ! triompha Murène en lui tendant la copie.

— C'est fait, répondit Larieux.

Murène haussa les sourcils.

— Alors, vous partagez mon avis, n'est-ce pas ? De vous à moi, que penserait-on au Quai ?

Larieux alluma une cigarette et aspira profondément la fumée.

— Allez refermer la porte.

— Comment ?

— La porte, là, derrière vous : poussez-la, s'il vous plaît, articula Larieux comme s'il s'adressait à un enfant.

Murène s'exécuta et revint s'asseoir, un peu inquiet.

— Pendant combien d'années avez-vous couvert les affaires africaines ? demanda Larieux, en insistant sur le mot *affaires*.

— Une bonne vingtaine d'années, sans compter les voyages que j'avais effectués à mes débuts en *free-lance*.

— C'est ça, acquiesça Larieux. Combien de fois, en vingt ans, avez-vous relaté autre chose que les fêtes officielles, les chasses privées, les grand-messes, les jubilés ? Combien de fois avez-vous rapporté autre chose que des propos oiseux de chefs d'État et de diplomates que la réalité, tôt ou tard, s'ingéniait à démentir ? Combien de rapports lénifiants avez-vous paraphrasés en ayant même le toupet de signer de votre nom la prose insipide que l'on écrit à New York et à Genève sur une Afrique irréelle ?

Disant cela, il revit l'expression désemparée du « marchand de sable » devant ses registres remplis des mensonges les moins avouables : les mensonges de bonne foi.

Murène avait blêmi et voulut protester. Larieux lui fit signe de se taire.

— Combien de fois, enfin, avez-vous seulement relaté une scène de la vie courante, par exemple, je ne sais pas... un marché, un village, un cimetière ?

Murène rapetissait sur sa chaise, incapable d'échafauder la moindre riposte.

Larieux en profita pour pousser son avantage :

— À l'époque où vous « couvriez » l'Afrique, il vous fallait une voiture climatisée de la Présidence stationnée à l'aéroport et, bien sûr, une suite au palais. Vos papiers portaient d'ailleurs le sceau des largesses que l'on vous accordait. Une vacherie sous votre plume laissait deviner une négligence dans le service, un champagne pas assez frappé. Il m'est revenu que des opposants ayant par extraordinaire, tant vous étiez bien isolé, réussi à vous rencontrer, vous refusâtes de les accompagner dans le désert sous prétexte qu'il vous eût fallu passer deux nuits à la belle étoile au milieu des moustiques et des bêtes sauvages.

Larieux tira sur sa cigarette et poursuivit de la même voix paisible :

— Les premières élections dites libres au Bangara, vous les avez suivies sur place — j'entends : dans les salons du général-président. On ne l'appelle plus désormais que « Président », mais vous connaissez comme moi ses origines caporalesques. Trente-six bureaux de vote étaient ouverts dans le pays. On ne vous a vu dans aucun.

— Pour la bonne raison, réussit à répliquer Murène, que tout était centralisé chez le général. Et d'ailleurs, souvenez-vous, il fut si bien élu qu'il passa dès le premier tour...

— En effet, persifla Larieux, il fut si bien élu qu'il se déclara vainqueur avant le dépouillement définitif des bulletins. Mais, n'est-ce pas, le candidat de la France pouvait se le permettre. Car c'était bien notre candidat, non ?

Murène ne disait plus rien.

— Quinze jours après son « élection », reprit Larieux, au cours d'un bain de foule, il fut griffé à la main. Une éraflure bénigne à laquelle il ne prêta guère attention. On l'avait empoisonné d'un coup d'ongle trempé dans du curare. Il disparut de la scène pendant deux mois. La cérémonie d'investiture était repoussée de semaine en semaine. Il fut transporté à Paris en grand secret, soigné au Val-de-Grâce par une équipe de médecins français auquel s'était joint un marabout africain expert en contrepoisons. Finalement, le général-président, qu'une coquille avait changé en « génial-président », fut sauvé. Toute cette histoire, Murène, vous la connaissiez par le menu. J'attends encore votre première ligne sur le sujet.

Larieux avait frappé du poing sur la table. Murène sursauta.

— Il faut que vous sachiez une chose, avant votre retraite que j'espère anticipée. Vous avez porté le journalisme de carpette à un tel degré d'excellence que dans nos écoles de la rue du Louvre, à Paris mais aussi à Lille, à Strasbourg, à Bordeaux — oui, monsieur, jusqu'à Bordeaux ! — les étudiants de première année ont inventé l'expression « faire du Murène ». Inutile de préciser dans quel sens...

Larieux marqua un silence, puis reprit :

— Vous vous souvenez d'Alligator et de Barouda ? Vous les trouviez vulgaires, jobards, mystificateurs. Vous prétendiez — soi-disant de bonne source — qu'ils inventaient la moitié de ce qu'ils racontaient. Peut-être, mais de temps en temps, quand ils ne pouvaient pas faire autrement. Quand la peur les tenaillait. Il y avait de quoi, là où ils mettaient les pieds ! Vous, Murène, vous n'avez jamais rien voulu voir de crainte d'être mal vu. Chacun a la peur qu'il mérite. Vous méprisiez Alligator à cause de ses fâcheries avec l'imparfait du subjonctif. Barouda vous exaspérait parce qu'il se permettait de vous tutoyer, vous, la coqueluche des palais. Alligator et Barouda ont sans aucun doute approché la vérité plus près que vos yeux. Pendant vingt ans, vous nous avez accablés de panégyriques emmerdatoires qu'on aurait crus écrits par des grouillots de chefs d'États et relus par des ambassadeurs en mal de Saint-John Perse. Vos articles sentaient la prose d'un agent des services, d'un thuriféraire, d'un haut fonctionnaire, d'un chargé de mission, d'un entremetteur. On pensait à tout cela en vous lisant. Mais il ne m'est jamais arrivé, ayant terminé un de vos articles, de penser qu'il était l'œuvre d'un journaliste. Vous trahissiez au subjonctif. Vous n'étiez pas un confrère ; juste un faux-frère. Un imposteur, en somme.

— C'est tout ? réussit à articuler Murène.

— Non. Je ne vous aime pas, mais cela n'a aucune importance. Si notre fichu canard se porte encore convenablement, c'est aussi grâce à quelques types de votre acabit qui savent manier la langue, la rendre précise et claire, parfois agréable, dans les papiers biscornus des autres. C'est d'ailleurs étrange, cette faculté de débusquer les défauts dans les textes des collègues sans jamais relever les siennes. Mais passons. Vous êtes un très bon relecteur. Vous êtes, je crois, le seul journaliste qui réécrit aussi bien qu'il pense mal. Ce n'est pas un compliment. Alors, au sujet de Koler, vous gardez toute ma confiance pour ce qui est de la forme. Mais, pour le fond, ne vous avisez pas de toucher à la moindre évocation de marché, de cimetière ou... de pénurie !

À ce dernier mot, Murène tressaillit.

Larieux poursuivit :

— Qui sait ce qu'il va nous annoncer, dans son prochain papier ? Un journaliste qui ouvre les yeux...

— Il est subjectif, risqua Murène.

— Vous voulez dire : honnête ? À propos, n'avez-vous pas trouvé curieux ce démenti du Quai, l'autre jour, à propos d'une éventuelle pénurie au Bangara ?

— En effet, admit Murène d'une voix blanche.

— Je ne vous retiens pas, fit Larieux. Vous laisserez la porte ouverte en sortant.

Et, comme Murène se redressait avec l'hébétude d'un boxeur que le gong n'a pas sauvé, il ajouta :

— Les championnats d'Europe de patinage artistique débutent la semaine prochaine. Ils ont besoin d'un coup de main, aux sports, pour relire la copie. Si la candeur de Koler vient à vous épuiser, essayez-vous à la glace. Mais je vous préviens : c'est aussi un sujet glissant.

À mesure qu'ils approchaient du but, ils s'abstenaient de parler, mangeaient à peine, dormaient sans jamais toucher le fond de leur fatigue. La veille, ils avaient traversé le pont de lianes. Une équipe de fiers-à-bras s'était chargée de fixer au sol de longs bambous semblables à des rails sous les énormes roues du *pick-up*. Seul Demba était resté à bord du véhicule pour le diriger avec une extrême lenteur. Le pont s'était cambré avec la souplesse d'un arc. Il y avait eu quelques craquements, mais, au bout d'une demi-heure de cet exercice funambulesque, l'automobile était arrivée sans heurts sur l'autre rive. On avait congratulé Demba qui gardait en toutes circonstances la protection d'un sourire. Koler aurait bien aimé lui parler. Il s'était dit que son silence forcé devait parfois l'aider à vivre.

Cette aube nouvelle marqua pour Koler le commencement d'un nouveau monde.

Une Afrique chassait l'autre. Il avait découvert l'insouciance d'une capitale grimée en enfant gâté. Il avait effleuré l'indolence tranquille des villages, le mutisme des tombes et des marchés, le regard tantôt craintif, tantôt rieur, des enfants à croix frontale. Au campement des forestiers, avant le pont, il avait dit adieu, sans le savoir, à l'Afrique paisible qui partage ce qu'elle a et surtout ce qu'elle n'a pas. Un gamin lui avait offert les deux cigarettes qu'il tenait coincées en équilibre derrière chaque oreille. Il s'était étonné de voir d'autres mioches en blouses roses d'écoliers se promener avec des pèse-personnes et demander aux voyageurs de monter sur leur balance pour voir jusqu'où grimperait l'aiguille. Ils avaient applaudi aux soixante-quatorze kilos de Koler. Aïssata, elle, avait refusé le jeu et les avait dispersés rudement.

Ils roulaient à présent sur une piste sableuse que le vent de terre brouillait sans cesse. Koler s'était à peine aperçu du recul de la forêt. Toute la matinée, ils avaient traversé une steppe monotone semée d'arbustes rabougris. Cette fois, il ne restait plus que de rares touffes d'aloès et des bouquets de chardons bleus. Devant eux, dans le soleil, se dressait une montagne aux larges épaulements, surmontée d'un bloc monolithe que semblaient se disputer la terre et le ciel. Koler eut l'impression d'un chicot pris dans la gencive d'un géant. Puis sa vision s'estompa, mais elle revint de plus belle avec le soir, lorsque le soleil projeta sur les contreforts la lueur sanglante d'un horizon carnassier.

Demba conduisait, infatigable, comme si le

silence thésaurisé par ses lèvres rejaillissait, décuplé en énergie vitale, dans ses mains, sa nuque inflexible, son dos maillé à la perfection, ses muscles tendus et souples qui dominaient les vibrations du volant aussi bien que les anfractuosités de la piste.

Koler voulut consulter la carte. Il s'était installé à l'arrière et tentait de régler mentalement son prochain article. Aïssata se retourna en dépliant l'accordéon de papier. Malgré les tressautements du *pick-up,* elle put localiser avec précision l'endroit où ils se trouvaient et jusqu'où il leur faudrait rouler. Koler constata qu'ils étaient déjà arrivés à l'extrême nord du pays. Il restait une dépression à franchir, des hauts plateaux qui formaient en réalité comme une marche avant l'ultime chaîne de montagnes, la frontière naturelle avec l'État voisin de l'Orangui.

— Un cap infranchissable, expliqua Aïssata. À cause des éboulements. Il y a même de la neige au sommet. Le drame se déroule exactement ici, ajouta-t-elle en pointant l'index sur les hauts plateaux. Dis-toi bien que nous sommes en territoire interdit. Aucun journaliste, aucun étranger n'est venu aussi loin depuis l'indépendance. Et encore, ils ne devaient pas être bien nombreux. Tu peux être sûr que nous ne verrons aucun soldat.

— Alors, nous ne risquons rien ?

— Non. Sauf de mourir de faim et de soif.

Koler réfléchissait. Son regard ne parvenait à fixer aucun point, si ce n'est le faisceau hésitant des phares dans la nuit.

— Des milliers de victimes, ça se saurait ! pensa-t-il à voix haute.

Aïssata se retourna. Il distingua le blanc de ses yeux.

— Souviens-toi de l'Éthiopie : qui savait, avant les images tournées par la BBC à Korem ? Ce sera pareil ici. À toi le triste honneur...

Koler s'enfonça dans son siège et se massa les reins. Tout son corps n'était plus que courbatures. Il avait soif. Un peu faim, aussi.

Ils roulèrent encore plus d'une heure. Puis Demba s'écarta de la piste et coupa le moteur. Koler s'était assoupi. Le silence le réveilla. On n'entendait plus rien, pas même un oiseau, un criquet. Rien. Demba tira l'antenne de la radio et fit défiler les stations. Un gargouillis de sons stridents perça la nuit. Puis une voix en français, très loin, dans un monde où il existait encore des feux rouges, des terrasses de café, des cinémas aux affiches en couleur, des femmes fardées. Koler perdit conscience jusqu'à l'aube.

Le jour qui se levait découvrit la chaîne de montagnes, encore plus menaçante depuis qu'elle se dressait d'un seul tenant sous leurs yeux. Dans la confusion de la veille, Koler ne s'était pas aperçu que Demba l'avait conduit à pied d'œuvre. Il lui sembla en effet voir la piste s'élever sur quelques centaines de mètres. Mais les distances sont trompeuses sous les tropiques desséchés. Aïssata l'avertit qu'il leur faudrait rouler quatre bonnes heures avant de pouvoir laisser le véhicule dans une cache à l'à-pic des rochers. Ensuite, ils emprunteraient un mince défilé qui servait jadis aux mulets, puis ils dormiraient dans un refuge à flanc de montagne.

— Et après ? demanda Koler avec appréhension.

— Après, on passera de l'autre côté.

Souvent, des années plus tard, il devait entendre la voix résolue mais si douce d'Aïssata lorsqu'elle avait prononcé ces mots : « On passera de l'autre côté. »

Il restait une bonne dizaine de litres d'eau à l'intérieur du jerrican. Demba cassa les deux dernières noix de coco. Elles contenaient moins de lait, et leur chair s'était durcie. Aïssata en offrit de gros morceaux à Koler.

— Avale avant que la chaleur ne te coupe l'appétit. Et mange lentement : tu mangeras davantage.

Koler suivit les conseils de la jeune femme. Il ressentit pour elle de la sollicitude et de l'admiration. Il ne trouvait pas d'autres noms au sentiment qui avait submergé son cœur.

Demba changea de fréquence. Radio-Mundi annonçait des résultats de football. Depuis les dernières directives du Quai, il n'était plus question du Bangara sur l'antenne. Les bulletins s'éternisaient sur les ultimes phases de la coupe Cabral.

Soudain, Koler vit Aïssata s'arrêter de mastiquer, puis se dresser d'un bond. Deux enfants se tenaient debout l'un contre l'autre, à trente mètres du *pick-up*, sans doute attirés par le bruit de la radio. Koler put observer leur quasi-nudité, leurs lèvres croûtées, leurs regards effrayés, leur impuissance à s'approcher. Aïssata marcha vers eux lentement, comme on va au-devant d'un animal craintif. Elle leur parla dans un langage que Koler ne comprenait pas, mais dont les mots vibraient de chaleur. C'étaient une fillette et un petit garçon, son jeune frère d'à peine quatre ans, qui ouvrait de grands yeux inquiets. Aïssata les conduisit jusqu'au *pick-up*. Koler la surprit qui chassait une larme d'un revers de main furtif. Elle sortit d'une boîte en ébène une crème verdâtre aux forts relents d'avocat et d'huile de palme. Avec douceur, elle en enduisit d'abord le dos du garçon, qui semblait souffrir davantage, puis celui de la fillette. Elle ne leur posa aucune question, se contentant d'épandre l'onguent sur leurs corps meurtris. Le petit, qui s'était d'abord mis à hoqueter de brefs sanglots, cessa aussitôt. Il sentait dans cette caresse inespérée la douceur d'une main maternelle.

Demba leur versa de l'eau. La fillette manqua de s'étouffer en vidant son gobelet d'un trait. Depuis combien de temps erraient-ils ? Comment étaient-ils arrivés jusque-là ? Aïssata paraissait avoir une idée, mais n'en dit rien. Koler observait le petit garçon qui dodelinait de la tête tout en s'efforçant de garder les yeux ouverts sur cet homme blanc, le premier de sa courte existence. Le journaliste considérait avec étonnement la minuscule touffe de cheveux qui dominait son front juste au-dessus de l'inévitable croix claire.

— Un héritage de nos penchants animistes, expliqua Aïssata. Quand un enfant vient au monde, ses parents craignent qu'il ne soit envoûté par le mauvais œil. Nous croyons que l'esprit maléfique peut entrer en possession d'un enfant en le fixant dans les yeux. Alors, pour détourner son attention, nous rasons les gosses. Ils ne gardent sur le crâne que ce petit buisson de cheveux...

Le bambin continuait d'observer l'homme blanc. Koler lui sourit et lui prit la main.

Demba s'affairait dans la caisse à outils. Le volant lui échappait : du jeu dans la direction. La veille, une roue avait buté contre une grosse pierre. Il s'empara de deux grosses clés à molette et disparut sous l'avant de l'automobile. Le journaliste remarqua la feuille de papier qui tapissait l'emplacement réservé aux tournevis et aux tubes de graisse. Il la retira et plissa les yeux. Malgré les taches de cambouis et les morceaux déchirés, l'écriture violette résistait :

Dixième impression d'Afrique, le verbe

Jaillissement de mots, l'autre soir, en compagnie d'écrivains arrivés par le vol de Brazza. Un homme râblé, au pied en chanterelle, s'est approché de moi et m'a dit tout de go : « Je suis Tchicaya. Mon nom signifie "la petite feuille qui parle pour son pays". Que voulez vous savoir ? » Comme je riais, il m'a serré la main et s'est écrié : « Le rire est le seul vêtement que je n'aie jamais porté en haillons dans les orgies ! » Ses collègues de plume ont applaudi. Puis il s'est mis à gueuler : « Nous irons terribles et noirs et fièvre dans le vent ! » Un de ses amis m'a soufflé : « Tchicaya est un maître en partage des eaux. C'est un authentique Congolois. Votre rencontre était inévitable. » Petite feuille qui parle pour son pays m'a dévisagé : « N'oubliez pas que dans le mot rencontre, il y a contre ». Nous nous sommes embrassés. Au moment de l'au revoir, son visage s'est refermé : « Je suis nègre, je suis homme, pourquoi cela prend-il le sens d'une déception ? » Je ne sais pas si la question m'était adressée. J'ai bafouillé une banalité sur la magie du verbe. « Vous avez raison, a-t-il explosé, de nouveau plein d'énergie. Je vais me libérer sur parole ! »

Koler remit le papier à sa place, sous les tubes de graisse et les tournevis. Il se demanda si Demba savait que sa caisse à outils était remplie de mots.

Aïssata déplia un pagne et le déchira en deux morceaux inégaux. Elle perça des trous, ajusta les rebords, effrangea ; il lui fallut peu de temps pour confectionner deux amples vestes qui habilleraient les petits sans irriter leur peau.

La voiture démarra. La jeune femme était passée à l'arrière avec ses nouveaux protégés. Ils n'avaient pas encore ouvert la bouche.

Koler sentait monter l'appréhension d'Aïssata. C'était lui qui, maintenant, la cherchait du regard. Mais elle se détournait ou inclinait la tête vers le garçon.

Le journaliste avait sous-estimé les distances. Depuis qu'ils roulaient, la piste continuait d'étaler son infinie platitude. Passé une chicane, Aïssata laissa échapper un cri. Les enfants s'étaient assoupis. Elle fit arrêter l'automobile.

— Demba, reste avec eux. Et toi, Julien, suis-moi.

Elle ne l'avait encore jamais appelé par son prénom.

Aïssata voulait s'approcher d'une tache sombre qu'elle avait entr'aperçue de la piste. Koler se tenait auprès d'elle. À la seconde où il reconnut un mulet figé sur le dos, les pattes raides, et, non loin, une femme inanimée, Aïssata serra si fort son bras que la trace de ses ongles s'y imprima.

— C'est leur mère, j'en suis sûre, marmonna Aïssata. Quelle folie ! La pauvre femme a dû croire qu'elle y arriverait. Les petits étaient assis sur le dos du mulet, elle marchait à côté.

Koler n'avait jamais vu de cadavre, hormis celui de son père. Mais c'était son père.

— Il faut l'enterrer. Je vais retourner à la voiture et t'envoyer Demba. Vous creuserez chacun à votre tour. Regarde-la : le trou n'aura pas besoin d'être très profond.

Ils gagnèrent le refuge plus tard que prévu. Il avait fallu dissimuler le *pick-up*, abandonner la plupart des affaires, renoncer même à une partie de l'indispensable. Ne garder que le vital. Pour Koler, c'était son ordinateur.

La fillette avait repris des forces et marchait presque normalement. Le garçonnet, lui, s'était endormi sur l'épaule de Koler en serrant une mèche de ses cheveux. Il pesait plus lourd que le portable, mais le journaliste l'avait néanmoins tenu contre lui jusqu'au bout.

Le refuge était une vaste caverne dans laquelle on pénétrait par une fente étroite au creux d'un rocher. La nuit était tombée quand ils y parvinrent. Demba hésita entre deux directions, puis avança d'un pas assuré. Le faisceau de la lampe dissipa l'obscurité. Après un étranglement entre des parois abruptes, la grotte formait un large cercle, encore élargi sur les rebords de multiples alvéoles. L'ensemble offrait la configuration d'une marguerite. Demba prépara un feu ; Aïssata sortit de son sac trois bananes-plantain et de l'igname. Koler se rappela tout à coup les propos du ministre de l'Agriculture à la soirée chez l'ambassadeur : « Nous aurons bientôt une récolte record... »

C'était si loin. Il en venait à se demander s'il avait vécu une autre existence, avant son arrivée ici.

La fumée commençait à se propager. Les yeux picotaient. Demba étouffa la braise. Il se posta ensuite pour la nuit à l'orée de la grotte, dans l'entaille rocheuse. Koler vit la lame d'un couteau briller à sa ceinture.

— Pour les bêtes sauvages, expliqua Aïssata. Simple précaution. Nous n'en avons jamais vu.

La jeune femme installa les enfants dans l'alvéole la plus proche du feu mourant. La pierre était tiède. Elle les allongea l'un après l'autre après avoir enduit leur dos d'une crème huileuse. Le garçon voulut voir Koler. Le journaliste lui caressa longuement la joue, puis regagna sa place près de l'ordinateur, dans un autre pétale de la marguerite. Aïssata resta au chevet des petits enroulés dans la seule couverture réchappée du *pick-up*. Elle dormit tout habillée, comme Demba, comme Koler.

Au milieu de la nuit, le froid réveilla Koler. Il

grelottait. Ses mains transpiraient. Il entrouvrit les yeux. Les braises étaient éteintes. Il entendit nettement plusieurs respirations ; celles, rapides, des enfants ; le souffle rauque d'Aïssata. Il demeura les yeux ouverts, la nuque appuyée sur le capot du portable. Il songeait au lendemain. Qu'allait-il découvrir, grands dieux ? Aurait-il la force ? Le spectacle de cette mère, du mulet, des enfants nus, brûlés — la peau noire ne supportait donc pas tous les soleils ? — ces figures tragiques l'avaient édifié. Il retomba dans une torpeur propice aux rêves hachés des fins de nuit, qui laissent au matin des impressions si nettes qu'on les confond avec la réalité. Ces rêves surgissaient pêle-mêle, s'interrompaient, renaissaient au beau milieu d'autres images, le plaçant toujours au cœur de l'action, lui, Julien Koler. Parfois, il choisissait de renoncer ; il plantait là Aïssata, les enfants et Demba, s'arrangeait pour soustraire les clés du *pick-up* et reprenait la piste, gagnait la forêt, expliquait aux soldats qu'il s'était perdu, qu'il n'avait rien vu. À son insu, il faisait du Murène. On le ramenait sous bonne protection chez l'ambassadeur qui le tançait gentiment : Cher ami, quelle frayeur vous nous avez causée !... La mésaventure se terminait par un cocktail. Le ministre de l'Agriculture expliquait à l'épouse du Premier ministre une nouvelle recette de sauce à l'arachide pour accommoder le poulet-bicyclette. Le rêve se dissipait lorsque Julien, traversant la haie d'invités, croisait le regard d'Aïssata, un regard de statue comme celui du vieux dans sa cabane.

Une autre histoire commençait alors. Koler se retrouvait dans la grotte, mais décidait de ne plus aller au-delà. Il ouvrait son portable, écrivait sans avoir rien vu. Ah, surtout ne rien voir ! Il était si facile d'imaginer. Des nouveau-nés aux visages de vieillards, des morts-vivants, des crève-la-faim, des cholériques, des gamins étendus au sang trop tôt tiré de leurs veines. Des hommes meurtris, vaincus. Oui, mieux valait écrire en se voilant la face. Qui sentirait la différence ? Puisque les gens demandaient du spectacle, il suffisait d'envoyer les équipes de télévision. L'ordinateur couinait. Koler lui assenait des mots dévalués. Il expédiait ainsi une sorte de fausse monnaie. La faim cachée sous les rondeurs difformes, les ventres ronds, ballonnés, craquelés de vergetures, les ventres qui enfantaient la mort. Tumeurs, enfants aux genoux d'éléphants, goitreux couverts d'œdèmes..., tous ces mots qui n'avaient plus aucune valeur sans la preuve, l'épreuve du regard. On veut toujours trop en dire, quand on ne sait rien.

Koler se réveilla en sursaut avec le prénom de Blaise, un ancien ami, sur les lèvres. Que venait donc faire Blaise dans cette grotte glaciale ? Ensemble ils avaient étudié les sciences politiques, cela remontait à des années. Blaise était un intellectuel. Il aimait bien Julien, car il représentait la classe ouvrière montée au paradis par l'escalier de service de la République. Un jour, Blaise lui avait lancé un défi : ils connaîtraient la faim. Pour voir. Pour en parler d'expérience. Elle laisserait en eux une trace indélébile. Blaise théorisait? Ils feraient la grève de la faim. Ou plutôt le contraire : la faim travaillerait leurs corps. Mais le printemps passait court vêtu aux terrasses de Saint-Germain-des-Prés. Les examens de Sciences politiques approchaient. Blaise appela Julien : « Il faut renoncer, vieux. Une prochaine fois ! »

En se retrouvant dans cette grotte adossée au pays des famines, Koler eut le sentiment d'être venu régler ici une dette de jeunesse. Comme une dette de jeu.

Une question le tourmentait encore : s'ils avaient eu faim ensemble, Blaise et lui, lequel des deux aurait mangé l'autre?

Koler se leva. Il était prêt.

Ils achevèrent l'ascension du col par le lit asséché d'une cascade. Demba marchait devant, le buste droit malgré le poids de la fillette sur ses épaules. Elle s'était réveillée avec des vomissements et n'avait plus eu la force de monter. Le pied de Demba était sûr, qui évaluait d'instinct le plus stable d'entre les cailloux fendus et tranchants. Aïssata suivait, les vivres accrochés à son dos, un ballot de vêtements posé sur sa tête.

Dès son lever, le petit garçon n'avait plus voulu quitter Koler. Il s'était blotti contre lui et le regardait de ses grands yeux fixes, les sourcils légèrement arqués, l'air de dire : « Tu m'emmènes? »

Koler s'était débrouillé pour arrimer la poignée du portable au passant de sa ceinture. L'ordinateur battait contre sa hanche et tirait son corps sur le côté, manquant parfois de le déséquilibrer ; il craignait que la poignée ne lâchât. L'enfant s'agrippait à lui de toutes ses forces, sa tête nue plongée dans son cou ; Koler évitait de plaquer la main sur son dos encore brûlé. C'est ainsi qu'ils cheminèrent lentement jusqu'au sommet. Là, ils soufflèrent un moment, burent quelques gorgées d'eau. Aïssata et Koler n'avaient pas échangé un mot. La jeune femme dénoua son baluchon et sortit une paire de jumelles :

— Si tu ne tiens pas à aller plus loin, tu peux déjà regarder, fit-elle en les lui tendant.

Koler tressaillit. Avait-il rêvé à haute voix, dans la grotte ? Il se redressa et régla la distance. C'était une bonne paire de jumelles aux verres puissants, malgré leur format modeste. Le journaliste se demanda où Aïssata avait pu se les procurer. L'étui était de couleur kaki. La vision de près lui permit d'apercevoir sans peine le flanc rosé des hauts plateaux. Alentour se succédaient les montagnes désertiques, bordées à l'ouest d'une infinité de mamelons chauves, chacun terminé par un étrange téton à l'aréole verte. C'étaient les seuls points de verdure visibles dans cet univers de sable et de cendre. En resserrant le prisme, Koler reconnut de petits édifices au toit galbé surmonté d'une croix. Il s'agissait d'églises perchées là-haut comme des nids d'aigle et entourées d'une couronne d'arbres, seuls rescapés d'une déforestation sauvage. Ces ombres autour des lieux de prière figuraient les ultimes souffles de la vie en déroute. Sur les pentes des collines s'accrochaient encore de rares huttes.

— Maintenant, regarde plus bas, suggéra Aïssata en abaissant les jumelles d'une pression de la main. Tu vas apprendre la géographie de la faim.

Koler ne vit d'abord rien d'autre qu'une sorte de tapis orange. Il éloigna l'instrument, tenta de distinguer à l'œil nu ce qu'Aïssata voulait lui montrer, puis, n'y parvenant pas, reprit les jumelles. Cette fois, il eut la révélation précise de la tragédie qui minait le Bangara.

Il scruta le tapis ocre et safran des terres infertiles, les taches blanchâtres des sols labourés où aucune pluie n'est tombée, la géométrie dérisoire de champs tirés au cordeau. Il eut beau régler au mieux la distance, un manteau de poussière l'empêchait de distinguer nettement le sol. Il se frotta les yeux, voulut essuyer les lentilles de l'instrument, mais elles étaient propres. Il comprit alors que des milliards de particules formaient comme des nappes de brouillard. Jamais il n'aurait cru l'érosion du sol aussi tangible. Et pourtant, ce morceau d'Afrique était en train de s'arracher la peau. Au lieu du manioc et du maïs attendus, le vent avait dégagé des cailloux, des milliers de cailloux. Le journaliste pourrait témoigner d'avoir vu de ses propres yeux une récolte de pierres.

Il reposa les jumelles.

— Le gouvernement n'a pas levé le petit doigt,

gronda Aïssata. Aucune collecte des eaux de pluie, pas un barrage, pas une pompe, rien du tout. À cause des croix dans les collines et de celle-ci, sur mon front. À présent, si tu t'en sens le courage, il faut continuer...

Koler acquiesça en silence. Le petit garçon souhaitait revenir dans ses bras. Il le hissa contre lui. L'enfant entreprit de jouer avec ses lunettes. Il le regardait gravement, mais Koler découvrit sur ce visage l'amorce d'un sourire, et, au creux de chaque joue, l'encoche d'une fossette.

Aïssata avait récupéré les jumelles et les tenait appuyées contre ses yeux.

— Nous irons par là, dit-elle à Koler en les lui tendant à nouveau.

Il eut à peine le temps de distinguer une myriade de points noirs immobiles comme une armée de fourmis endormies. Déjà Aïssata avait remisé l'instrument et marchait d'un pas rapide.

On attendait Larieux à la conférence de rédaction. C'était la veille de Noël. Chacun était pressé de rentrer chez soi. Les journalistes se battaient les flancs pour trouver des sujets d'actualité. Une collation était prévue au service politique : du foie gras et du sauternes offerts par un député du Sud-Ouest. Larieux était en retard. On établirait rapidement le « chemin de fer » pour l'édition du lendemain : « Un petit journal, avait prévenu le secrétaire de rédaction. Vingt-huit pages ; tenez vos longueurs ! »

La veille au soir, Larieux était retourné au Relais de l'espace. Il avait dîné d'un hareng-pommes à l'huile et d'un petit salé. De sa démarche bancale, il s'était approché du cockpit, rattrapant au passage deux ou trois bambins en perte d'équilibre : l'ivresse de l'altitude... Il n'avait jamais eu d'enfant, mais savait que dans leurs yeux, un avion est toujours très haut, même cloué au sol d'un restaurant.

À la fin de son dernier article, Koler avait

ajouté un bref message à l'attention de Larieux : « *Suis en route pour le Nord. Prévoyez six colonnes sous huitaine au plus tard.* » Sept jours s'étaient écoulés sans aucune nouvelle du journaliste. Larieux avait confiance en lui. Il connaissait sa rigueur. Il était maintenant certain que le jeune reporter surmonterait l'épreuve de l'écriture. Il l'enviait. Il se disait qu'à travers Koler, lui aussi renouait avec les mots brûlants. Comme il aurait aimé trinquer en compagnie d'Alligator et de Barouda à la santé de ce nouveau venu.

Larieux avait l'intuition que le papier arriverait le lendemain, jour de Noël. Cela lui apparut comme une évidence lorsque, après avoir ramené à la table de ses parents une fillette qu'il n'avait pas vue tomber, il sortit du Relais de l'espace. À ce moment, il imaginait Koler entre Alligator et Barouda, tous trois côte à côte, trois frères d'armes.

Oui, Koler l'avait remplacé...

La conférence de rédaction commença. Murène énuméra les articles déjà envoyés. Il annonça un texte du correspondant à La Rochelle sur la crise du marché de l'huître ; l'analyse par un éditorialiste du récent sommet franco-britannique ; un suivi de l'affaire Marsal aux assises de Lyon ; un reportage de Santini — excellent, précisa-t-il — consacré à la cueillette des châtaignes en bas-pays cévenol.

— On est trop longs ! coupa d'autorité le secrétaire de rédaction.

C'est alors que Larieux, après avoir allumé une cigarette, prit la parole :

— Il faut pourtant bloquer six colonnes pour demain, ordonna-t-il.

— Six colonnes ! s'étrangla le secrétaire de rédaction. Où voulez-vous que je les trouve ?

— Débrouillez-vous. Koler va balancer un gros truc, cette nuit.

— Koler ? Vous avez des nouvelles ? s'enquit suavement Murène.

— Pas depuis la semaine passée. Mais il avait demandé six col'. Nous devons les lui réserver.

— Six col' sur l'Afrique, un jour de Noël ! On n'est pas l'Armée du Salut, maugréa le secrétaire de rédaction qui gérait les espaces comme un rentier ses immeubles. Aucun journal ne parle du Bangara depuis des mois. Nous sommes les seuls...

— Raison de plus ! renchérit Larieux. Je vous rappelle que Koler bourlingue là-bas depuis presque quinze jours.

— Le soleil et les cocotiers..., ironisa le chef du service politique.

Larieux ne broncha pas.

— Si encore on était certains de la catastrophe, risqua Murène.

— Je reconnais bien là votre conformisme, fulmina Larieux. Buckingam et Monaco doivent nous fournir des princesses, l'Amérique des stars de cinéma, et l'Afrique des tragédies. Tournez, rotatives !

Des voix s'élevèrent. Le secrétaire de rédaction

resta ferme sur le colonnage. Chaque chef de rubrique défendit ses troupes : qui, les huîtres de Marennes, qui, les assises de Lyon ou l'éditorial « qu'on ne peut pas différer », ou les châtaignes cévenoles de l'« excellent Santini ».

L'adjoint de Larieux, qui veillait à ne jamais s'exprimer avant d'avoir entendu l'avis de tous et finement apprécié l'équilibre des forces, proposa de réserver la page de dernière heure au reportage de Koler, si toutefois il parvenait à temps.

— Cela lui laisserait une marge supplémentaire, puisque la DH est montée très tard.

Ce point de vue parut contenter l'assemblée qui pensait au buffet du service politique. Seul Murène manifesta une réticence de principe :

— Ce n'est pas très prudent de bloquer la DH, si jamais il se passe quelque chose d'important...

Nul ne releva. Larieux quitta la salle, soulagé. Que pouvait-il arriver de plus important qu'un reportage de Koler ?

On vivait ici au jour le jour, à la nuit la nuit. Koler eut le sentiment qu'il n'aurait pas assez de ses forces et de ses mots pour dire cette humanité clouée à l'enfer de sa croix. Tout ce qu'il avait rêvé, dans la nuit froide de la grotte, il le découvrait à présent devant lui. Des vieillards aux barbes bibliques, au visage parcheminé, creusé de ravines, tenant dans leurs mains écaillées un gros bâton de buis, leur dernier appui sur terre, et marchant vers un improbable salut. Des bambins ivres de fatigue et de faim, pleurant sans aucune larme, secs comme du bois mort, le ventre énorme de qui aurait avalé un ballon. Parfois, en bordure de piste, une fosse commune, un enchevêtrement de corps embaumés de poussière et, au-dessus du charnier, des regards à jamais figés interrogeant le monde des vivants.

Koler avait mis ses lunettes de soleil et avançait, un mouchoir sur le nez.

Il espérait garder le petit garçon à l'abri du naufrage. Par chance, les balancements d'épaules du journaliste avaient bercé l'enfant jusqu'au sommeil.

Pour mieux voir, il arrivait à Koler de fermer les yeux.

Chaque arbuste portait à son pied une grappe de cadavres. L'odeur était insupportable. Comme le silence. Comme le reste. Aïssata sanglotait. Demba marchait droit, impassible. Ce n'est pas aujourd'hui qu'il aurait recouvré la parole.

Derrière une colline ombragée, ils aperçurent quelques maisons de terre crue entourées de jardinets où plusieurs centaines de personnes, peut-être mille, avaient échoué. Les plus robustes attendaient debout. La plupart étaient allongés à même le sol. Le dispensaire de Cram était la preuve fragile que des hommes avaient vécu au nord du Bangara.

La fillette avait beaucoup vomi. Aïssata pénétra dans un bâtiment de banco et déposa la petite sur une paillasse. Depuis le matin, ils arpentaient le toit brûlant de l'Afrique et la fraîcheur de l'endroit lui fit soudain tourner la tête. Le dispensaire manquait de l'essentiel : pas de quinine, pas de vaccins, ni coton ni désinfectant. Un jeune médecin et une poignée de secouristes formés sur le tas, des femmes valides improvisées infirmières, de l'eau recueillie au compte-gouttes dans une source de montagne presque tarie, deux ou trois gestes élémentaires appris pour sauver des vies humaines, un courage sans bornes, l'inverse du découragement : c'était cela, leur trésor. Ils étaient seuls au monde. Aucune image, aucun mot ne racontait leur isolement.

Ils n'existaient pas.

Le médecin voulut savoir qui était ce Blanc qui accompagnait Aïssata. Il parlait à peine le français. La jeune femme lui expliqua qu'il était journaliste. Il tendit à Koler une main ferme en dépit de l'épuisement qui se lisait sur son visage aux yeux malades. Mais qui pouvait se targuer d'être resté en bonne santé dans ces parages ?

Un homme frappa à la porte et manqua de s'évanouir. Il portait un nouveau-né enveloppé dans une couverture de laine. Le médecin voulut l'examiner. L'enfant avait déjà succombé ; son père avait marché onze jours pour atteindre le dispensaire. La mort ne faisait pas de bruit ; elle était si discrète que, même sur place, elle s'installait sans troubler le silence. Au contraire, elle le creusait.

— Si vous continuez encore vers le nord, déclara le docteur, vous allez tomber sur un peuple de mourants. Les gens arrivés jusqu'ici étaient, au moins au début, les plus valides.

Aïssata assura la traduction pour Koler. Celui-ci avait sorti son carnet. Il inscrivit leur position exacte, le nom du médecin, les pathologies observées. Le journaliste avait dû poser à terre le garçonnet, qui ne décollait pas de ses jambes. Sans doute se sentait-il en sécurité dans le giron de cet homme blanc à la voix profondément douce.

En même temps qu'il rédigeait ses notes, Koler réfléchissait. Où allait-il transmettre ? Il n'était pas équipé de ces valises-satellites qui permettent d'envoyer un papier de n'importe quel endroit de la planète. Au journal, on lui avait suggéré d'en emporter une ; il s'y était refusé, invoquant son inaptitude à manier un tel outil. Tout cela lui paraissait en réalité un équipement de frimeur, comme l'étoile du shérif dans les panoplies de cow-boy. Il ignorait que, là où il allait, il aurait vraiment eu besoin d'une bonne étoile...

— Si nous avions les moyens d'appeler qui que ce soit, ce serait fait depuis longtemps, fit le médecin avec humeur.

Un courant d'air avait fait voltiger une feuille étalée sur son bureau, en réalité une simple table aux pieds vermoulus. Koler se baissa pour la ramasser.

— Comment est-ce possible ? murmura-t-il.

De nouveau, la tête lui tournait. Il sortit sans un mot d'explication respirer l'air brûlant. Il ne rêvait pas. L'écriture était très pâle, comme si le « marchand de sable » avait manqué d'encre, ou de force :

Onzième impression d'Afrique, la douleur

Harassant voyage vers le pays des morts-vivants. On ne meurt pas de faim. On vit avec. Terrible maîtresse, avec son cortège de maladies. Vomito negro, fièvre amarile, urines couleur porto. Frissons, sommeil. Dire que le docteur Jamot voulait réveiller l'Afrique ! Que penserait-il, devant ce continent sous anesthésie ? La nouvelle mouche tsé-tsé s'appelle Fonds mondial. Aujourd'hui, je me dégoûte. Trop blanc. Trop plein de santé. Mais, entre eux et moi, qui doit guérir en premier ?

Aïssata était venue le chercher.

— Tu ne te sens pas bien ?

— Ça va aller. Excusez-moi.

Elle attrapa Koler par le bras et le conduisit dans une salle sombre fermée par un rideau loqueteux. Sur une dizaine de lits s'étalaient toutes les plaies de l'Afrique. Le médecin l'attendait. Il ne le quitta pas des yeux pendant cette visite silencieuse. Aïssata était restée au chevet de la fillette. Quand ils rejoignirent la jeune femme, elle pleurait. La petite était perdue. Aïssata le pressentait depuis le début, mais elle venait à peine d'en prendre conscience. Le garçonnet buta dans les jambes de Koler ; le journaliste caressa sa houppette bouclée comme le lainage soyeux d'un agneau.

— Si tu le veux, prends-le, fit Aïssata.

Koler sentit son corps se vider de son sang. Le garder avec lui, le ramener ? Tout se bouscula dans sa tête : l'article à écrire, Céline qui attendait un enfant, mais pas celui-là... Quelle serait sa réaction s'il revenait avec un petit Africain dévoré par la gale ? Il fut incapable de proférer la moindre parole. Comme s'il avait compris qu'il s'agissait de lui, le gamin le dévisageait gravement, guettant ses gestes avec un léger sourire qui creusait ses fossettes. « Tu m'emmènes ? » imploraient ses yeux agrandis.

Le docteur aussi observait Koler. Le journaliste plongea son regard dans celui de l'enfant ; il prit entre ses mains sa petite tête rasée, considéra la croix dessinée sur son front, son toupet de cheveux. Il fut certain que le mauvais œil, c'était lui.

Koler se redressa. Ses mains étaient en eau.

— Où pourrais-je transmettre ?

— Il faut retourner au pont de liane, chez les forestiers. Ils devaient installer une ligne, répondit Aïssata.

Un frisson de panique le parcourut.

— Si loin ?

— Je ne vois pas d'autre solution.

Koler aurait voulu poursuivre vers le nord, mais l'urgence et la sagesse l'incitaient à rebrousser chemin. Il ne devait plus remettre le moment d'écrire. Il tenait trop de vies au bout de ses doigts.

— Tu en as assez vu, non ? interrogea Aïssata d'une voix lasse. Cette fois, tu as des preuves.

— En route, décida Koler.

Il serra le petit garçon dans ses bras, l'embrassa. Puis il le reposa à terre et se mit en marche. L'enfant le regarda s'éloigner. Il ne cillait pas. Les fossettes sur ses joues s'étaient effacées. En sortant, Koler entendit la fillette délirer. La porte se referma dans son dos. Il était neuf heures du matin. Depuis le lever du soleil, il avait appris des hommes davantage qu'en vingt-cinq ans.

Le journaliste ne se retourna pas une seule fois avant d'avoir atteint le sommet du col. Là, il pivota sur ses talons et inspira profondément. Le soleil jouait sa partition resplendissante sur cette enclume de la mort. Il se demanda si tant de beauté devait se payer d'autant de souffrances.

Ils parvinrent rapidement à hauteur du refuge. Demba ouvrait toujours la marche. Aïssata et Koler cheminaient l'un près de l'autre comme pour éloigner l'ombre de la séparation qui déjà planait sur eux. La jeune femme épiait le visage du journaliste. Qu'écrirait-il ? Elle se sentait tout à la fois honteuse et soulagée d'avoir prouvé à Koler la détresse de son peuple. Dès qu'elle l'avait vu, la première fois, alors qu'il se dirigeait vers l'ambassade de France, elle s'était aussitôt persuadée qu'il pourrait l'aider. Elle ne savait rien de lui. C'était un éclat dans son regard, cette candeur inquiète, une certaine façon de marcher qui l'avaient convaincue qu'il ne reculerait pas. Lorsque, le lendemain, Aïssata l'avait aperçu parmi les invités de l'ambassadeur, elle avait voulu attirer son attention. Un instant, elle avait craint de l'avoir perdu. Quand il avait reparu, l'air furieux, elle était demeurée paralysée, incapable de proférer un son. Il partait, de cette allure résolue qu'elle avait remarquée la veille. Il émanait de lui cette détermination qui avait sûrement incité Larieux à le choisir. Un caractère de petit cheval qui avance et cravache sa peur pour rester debout. Par chance, il s'était retourné. Aïssata l'avait rattrapé *in extremis,* avait dévoilé ses desseins avec prudence. Elle avait remercié le ciel lorsqu'elle avait appris qu'il était journaliste. S'il l'avait su, Koler aurait été bien embarrassé de jouer les fils de la Providence, lui que les convictions laïques de son père avaient placé d'emblée aux antipodes de la foi. Mais Aïssata connaissait une vérité simple : bien des gens se croient dans l'Église, qui n'y sont pas ; bien d'autres se croient hors de l'Église, qui lui appartiennent tout entiers. Koler était de ceux-là.

Comme ils avançaient de conserve, elle lui adressa un sourire auquel il répondit du bout des lèvres. Il mourait d'angoisse. Son corps était baigné de sueur. Mètre après mètre, il s'efforçait d'aligner des phrases dans sa tête. Puis les mots s'éparpillaient comme les perles d'un collier brisé. Il recommençait, fulminait en son for intérieur. Aucun écrit, se disait-il, ne saurait être digne de ces morts. Toute l'abnégation de Demba, tout le dévouement d'Aïssata étaient bien mal récompensés. Il n'avait à l'esprit que les bribes imparfaites d'un article décevant. Parfois, il jetait un coup d'œil aux pages chiffonnées qui abritaient les notes hâtives du « marchand de sable ». Ces impressions magistrales le renvoyaient à sa propre impuissance du moment.

Koler avait des raisons de ne pas sourire.

Ils retrouvèrent le *pick-up* à l'endroit où ils l'avaient laissé. La tôle était brûlante. Il leur avait fallu beaucoup moins de temps qu'à l'aller pour accomplir le trajet à pied. La descente du sentier de montagne s'était effectuée au pas de course. Ils avaient évité de justesse un début d'éboulement.

Demba s'installa au volant, Aïssata à ses côtés. Koler prit place à l'arrière.

— Tu seras plus à l'aise pour écrire, lui glissa gentiment Aïssata. Nous y serons dans neuf heures, peut-être huit.

Koler n'ouvrit pas aussitôt son portable, afin d'économiser la batterie. Il attrapa une liasse de feuillets qu'il plia en deux, et la plaqua sur ses genoux. Son stylo à bille se montra récalcitrant ; l'encre avait séché. Il frotta la pointe contre la semelle de sa chaussure, recommença plusieurs fois. Le noir marqua enfin sa page d'un trait nerveux, un signe de Zorro.

Il calcula qu'ils atteindraient leur but aux environs de vingt-trois heures. Le soleil était encore très chaud ; l'air saturé de poussière lui brûlait la gorge. Il essaya de s'assoupir, mais une multitude d'images le forçait à rouvrir les yeux. Il n'en finissait pas d'inspecter les ténèbres. Comme au théâtre, les morts se relevaient pour saluer, lui tendaient la main, criaient son nom. Le peu de nourriture qu'il avait absorbé lui tordait le ventre. Il fallut arrêter la voiture. Koler vomit surtout de la bile. Depuis l'enfance, l'idée de vomir l'effrayait. Il croyait voir venir la mort dans ce jet âcre et brutal qui manquait chaque fois de l'étouffer. Il reprit son souffle, le cœur battant, appuyé à l'arrière du véhicule. Aïssata lui tendit un carré de tissu propre. Elle était sans doute magicienne ou quelque peu sorcière, pour toujours offrir au bon moment à Koler ce qui lui manquait le plus.

— Ça ira ? s'inquiéta la jeune femme.

Le journaliste la rassura du regard. Demba redémarra. Il n'était plus question d'écrire. Koler se sentait bien incapable de fixer des mots sur ses feuilles alors que l'automobile bondissait sur la piste bosselée. Aïssata s'était assise près de lui.

— Comment tout cela est-il possible ? demanda Koler.

— Je ne suis pas sûre de pouvoir t'expliquer, fit-elle d'un air impuissant. Il y a vingt ans, après la guerre du pétrole, notre président a pris le prénom musulman de Mustapha. C'était mieux vu par les émirs du Golfe. Avec leur appui, il a voulu exploiter les nappes situées dans le Nord. Les Français avaient toujours affirmé qu'il existait des gisements au milieu des hauts plateaux. Mais, après l'indépendance, le pays n'avait pas les moyens de prospecter.

Aïssata s'humecta les lèvres. Ses yeux étaient creusés de cernes profonds.

— On dit que les Émirats ont aidé le Bangara à relancer les recherches. Et qu'ils auraient aussi racheté les vieilles cartes géologiques établies par les ingénieurs français. C'est pourquoi ton pays est si peu curieux de savoir ce qui se passe ici. Quand le pétrole jaillira, vos compagnies ne seront pas oubliées. Au début, le gouvernement a discuté avec les chefs du Nord pour les convaincre de céder leurs terres et de redescendre vers la forêt. Ils ont refusé.

Koler fronça les sourcils :

— L'argent ne les intéressait pas ?

Aïssata sortit sa langue à la manière d'un serpent et siffla entre ses dents tout en secouant la tête :

— Monsieur Julien, réfléchis ! Où est passé mon frère africain ? Ces gens veulent vivre là où ils sont nés. Tu as vu les huttes, sur les collines. Sur le seuil de chacune d'elles sont enfouis les cordons ombilicaux de tous les fils de cette terre. Ils aiment mieux crever là-haut plutôt que de bouger. La preuve...

— Mais, reprit Koler, cette sécheresse n'est pas la faute du gouvernement !

— Tu vois, soupira Aïssata, je ne sais pas t'expliquer.

— Continue, insista Koler.

— Le Président et ses conseillers ont commencé par payer les céréales du Nord à des prix misérables. Nos paysans se sont découragés. Ils ont fini par refuser de vendre leur riz sur les marchés de la capitale. Ils ont aussi abandonné le manioc et le sorgho. À cette époque, le gouvernement abattait la forêt. Le désert s'est rapproché.

— J'ai remarqué, commenta Koler.

— Pendant toutes ces années, le Nord s'est

replié sur lui-même. La population vivait en vase clos, renouant avec des modes de vie d'il y a vingt siècles. Puis le gouvernement a interrompu les livraisons de semences aux paysans. Leurs réserves ont brutalement fondu. De nombreux stocks étaient pourris. Ceux qui n'étaient pas fichus furent dévorés par les gerboises. D'autres ont brûlé. Des incendies criminels, comme tous les feux de brousse qui ont fini de faire place nette pour le désert et les cailloux. Quelques émeutes ont éclaté. Elles ont vite été réprimées. Un jour, j'ai lu un entrefilet dans la presse française. Mais personne n'a cherché à en savoir davantage.

Koler se souvenait en effet de quelques lignes dont il avait gardé trace dans le dossier rangé au fond de sa valise, à l'hôtel.

— Et après ?

— Une délégation du Nord s'est présentée dans la capitale. Elle a sollicité une aide alimentaire d'urgence. Nous n'avions plus rien. L'eau manquait. Le gouvernement a fait la sourde oreille. Il n'a pas même voulu marchander les terres pétrolifères. Cela ne semblait plus l'intéresser. Les chefs du Nord sont repartis bredouilles. On a alors compris que le pouvoir avait décidé de nous éliminer en silence. La sécheresse est arrivée par là-dessus. Tu connais la suite. Les prix ont flambé. Seule la vie humaine est restée bon marché.

— Mais pourquoi vous éliminer ?

Aïssata prit la main de Koler et la posa sur son

front. Il sentit au bout de son index le petit renflement de chair cruciforme.

— À cause de ça, reprit-elle. Souviens-toi ; le président Célestin est devenu Mustapha. Les mouvements intégristes l'ont beaucoup aidé. Par la famine, il nettoie une zone pétrolière et se débarrasse des chrétiens. Habile, tu ne trouves pas ?

Koler secoua la tête.

— La perspective d'obtenir un pétrole meilleur marché peut être en soi un mobile suffisant, poursuivit Aïssata. Tu comprends à présent combien on a roulé les médias, avec ces fadaises de guérilla dans le Nord ! Ce n'est rien d'autre qu'une diversion. Les soldats cachés dans la forêt ne tirent pas sur des rebelles. Ils abattent les quelques malheureux qui ont voulu échapper à la famine.

Pendant qu'Aïssata parlait, Koler inscrivait ses explications sur son carnet. Elles étaient aveuglantes, irréfutables.

— Et les Américains ? demanda-t-il. Le bruit a couru qu'ils étaient avec ceux du Nord.

— Les Américains sont rarement du côté des plus faibles ! Nous n'avons nul besoin d'eux pour aider à nous exterminer. Non, tu assistes à un massacre domestique. Il ne s'agit même pas d'une guerre civile. Il y a ceux qui crèvent, et les autres qui les regardent crever. Je te l'ai déjà dit : personne ne fait rien. Ni les Américains ni les Français, ajouta-t-elle en mimant le singe aux trois positions.

Autre chose tarabustait Koler :

— Les gens du Nord qui ont fui n'ont pas tous été abattus en route. Certains ont pu passer au travers des mailles. Pourquoi n'ont-ils pas donné l'alerte ?

Aïssata haussa les épaules et dévisagea le journaliste d'un air moqueur :

— Tu es rigolo ! Tu crois qu'un type qui a échappé à une mort certaine va s'amuser à crier à qui veut l'entendre : « Là-haut, on crève ! » Il sera enfermé sur-le-champ, torturé, pendu. As-tu déjà entendu parler du Petit-Palais ?

— Non, répondit Koler.

— Dans une salle sombre, on travaille les récalcitrants au fer. Tu ne vois dans le noir qu'un point lumineux qui vient vers toi... Il y a aussi un puits sans fond, maçonné en dur ; si le fer ne suffit pas, on attache les prisonniers par un pied, puis on leur cogne la tête contre les parois comme le battant d'une cloche. Ils peuvent crier, leur voix se perd dans les profondeurs. Et, pour finir, on les conduit au « parcours »...

— Au « parcours » ?

La jeune femme reprit sa respiration.

— Imagine un terrain de tennis. Il faut aller d'un bout à l'autre sur les genoux, le plus vite possible.

— C'est tout ?

— Le sol est jonché de tessons de bouteilles.

Koler détourna son regard des marques violettes sur les bras d'Aïssata.

— J'ai réussi à m'échapper après le fer, balbutia-t-elle, les yeux baissés, comme si elle avait lu par transparence dans les pensées du journaliste.

— Qui es-tu donc ? murmura Koler en attrapant sa main.

Elle secoua la tête. Elle espérait qu'un jour elle pourrait lui parler d'elle, lui avouer que son prénom n'était pas Aïssata (un prénom musulman dont son père l'avait affublée pour la protéger). Elle s'appelait Céline. Elle avait envie qu'il le sache. Mais ce n'était pas le moment. Il devait écrire, ne penser qu'à écrire. Comme elle aurait voulu qu'il prononçât son véritable prénom ! Elle savait que sa femme portait le même ; il le lui avait dit, le premier jour, sur la route du Nord. Elle se serait contentée d'être sa compagne d'Afrique. Elle sentait que, bientôt, elle ne serait plus rien du tout.

Aïssata ne répondit pas à la question de Koler. Le journaliste demeurait perplexe :

— Des personnalités du Bangara ont bien été averties ?

— As-tu déjà lu notre presse ? interrogea Aïssata en guise de réponse.

— Un exemplaire m'a suffi : le Président, les pensées du Président, les louanges au Président...

— Une prochaine fois, intéresse-toi aux avis de décès. Ils sont très instructifs pour qui sait les lire...

— Mais encore ?

— Ils concernent en général une personnalité

engagée dans la défense des droits de l'homme. Il est écrit en petits caractères qu'elle est morte des suites d'une courte maladie. Chez nous, cela signifie qu'elle a été empoisonnée.

Koler écarquilla les yeux :

— Tu es sûre ?

— Des preuves, encore ?... C'est comme ça qu'ils ont tué mon père. Un soir, il a dîné chez un émissaire du Président qui voulait prétendument lui proposer une solution honorable pour le Nord. À cette époque, Mustapha n'avait pas versé dans son délire islamiste. Une issue était encore possible. Mon père essaya de convaincre les chefs du Nord qui lui reprochaient parfois d'être devenu un traître à son propre sang. Cependant, ils lui maintenaient leur confiance... À son retour de cette soirée, mon père était joyeux. Je crois qu'il nourrissait beaucoup d'espoirs. J'étais encore une petite fille. Il est venu m'embrasser dans ma chambre. Je ne dormais pas. Quand il sortait, je n'étais jamais tranquille tant que je n'avais pas entendu le moteur de sa voiture qu'il revenait garer sous ma fenêtre. Il a allumé une bougie. Je suis restée un moment contre lui. C'est la dernière image que j'ai gardée de mon père. Le lendemain matin, il était mort. Durant la nuit, il avait souffert le martyre. Il se tenait le ventre, et plus il buvait, plus il criait. On a su plus tard la nature du piège que lui avait tendu l'émissaire : une simple moustache de léopard hachée menu et mélangée à la sauce d'arachide que mon père avait avalée sans sourciller. Des dizaines et des dizaines de minuscules fléchettes avaient commencé à lui perforer l'estomac. C'était trop tard...

Elle avait parlé d'une voix neutre, presque détachée, comme s'il s'était agi d'un étranger. Koler ne put se retenir de grimacer. Il se promit de ne jamais goûter de sauce cacahuète en dépit de ses bienfaits vantés par le ministre de l'Agriculture à l'épouse du Premier ministre.

— Comment s'appelait ton père? finit par demander Koler.

Aïssata marqua un instant d'hésitation.

— Abokambo Gilchrist.

Elle avait cité son nom avant son prénom, comme à l'école lorsque les élèves répondent à l'appel. Koler venait de comprendre. Il revit le visage de celui qui, des années durant, s'était opposé au pouvoir absolu de Célestin, alias Mustapha. Le père d'Aïssata avait connu son heure de gloire à Paris. Une fraction libérale de la droite lui trouvait des manières agréables, une certaine aura, une sobriété de bon aloi malgré son ancrage dans les eaux du socialisme. Abokambo constituait une solution de rechange pour le cas où... Plusieurs journaux de l'ancienne métropole avaient publié sa photo, toujours la même, sur laquelle il apparaissait vêtu d'un ample boubou blanc et coiffé du chapeau traditionnel des ethnies du Nord. Koler s'en souvenait, à présent. La première fois, il s'était fait la réflexion que cet homme au regard fier et fiévreux ressemblait au leader noir Martin Luther King. Le journaliste ignorait les circonstances précises de sa disparition. On avait parlé d'un malaise cardiaque chez ce sportif en pleine santé qui courait tous les ans le marathon de New York. Il s'échauffait devant le Palais des Nations unies dans l'espoir, disait-il, d'être remarqué par le Secrétaire général et reçu séance tenante dans son bureau, fût-ce en short, pour lui parler du Bangara. Koler se rappelait en revanche que Gilchrist Abokambo avait déjà échappé à la mort après un attentat fomenté par les services secrets français. Il savait aussi que l'émissaire qui avait convié le père d'Aïssata à ce funeste dîner appartenait au « milieu » corse.

Koler tenait toujours la main de la jeune femme. Il lui demanda pourquoi elle était venue vers lui, à la soirée chez l'ambassadeur. Lui, un Blanc, un Français.

— Tous les Blancs, tous les Français ne sont pas les assassins de mon père... J'ai eu confiance, répondit-elle simplement. J'avais raison, n'est-ce pas ?

Dans moins de trois heures, le soleil déclinerait. La jeune femme repassa à l'avant du véhicule. Koler ouvrit son portable et mit le contact. Il se cala sur le siège avec pour seul horizon la nuque ployée d'Aïssata. Ses mains impatientes suaient à grosses gouttes. Il s'essuya au revêtement du siège et commença. Un mot, cinq mots, une phrase, deux. Sujet, verbe, sujet, verbe... Il s'était lancé sans réfléchir. Oubliées, les ébauches chancelantes conçues le matin même tandis qu'ils continuaient à marcher pour rejoindre le *pick-up*.

Rien de ce qu'il écrivait ne correspondait exactement aux projets fluctuants qu'il avait imaginés. Koler relut son début et en fut assez satisfait. Il calibra son texte. L'écran affichait déjà plus de quatre mille signes. Il persévéra. Les touches s'enfonçaient sous ses doigts, émettant un léger crépitement qui berçait son oreille et le rassurait. Les lignes qui se succédaient devenaient son unique univers, chacune annonçant la suivante, la rendant inéluctable, nécessaire. Il tirait le fil d'une invisible pelote que son esprit, à son insu, avait enroulée depuis des jours. Koler éprouvait le même soulagement qu'après qu'il fut parvenu à vomir.

À dix mille signes, le journaliste ressentit le besoin de souffler. Il reprit ses deux derniers paragraphes, supprima une redite, ajouta un retour à la ligne. Puis il alluma une cigarette et la fuma en fermant les yeux. Cette fois, aucune image ne vint perturber son repos. Il avait déversé le plus noir de ses visions dans l'article à venir.

Il rouvrit les yeux sur un paysage verdoyant qui annonçait la forêt. La tête rejetée en arrière dans une position d'abandon, Aïssata dormait. L'infatigable Demba s'était joué de la piste comme on renverse un sablier. Koler s'ébroua et prit le portable qu'il avait repoussé de côté. Il alluma, mais rien ne se produisit. Il eut beau appuyer sur toutes les touches, remuer l'ordinateur, dégager la batterie, l'essuyer, la replacer dans sa chambre, l'écran demeura désespérément vide. La sueur inonda les paupières de Koler. Il se mit à pleurer. En silence, de fatigue, de désarroi surtout. On aurait cru un gamin devant son jouet brisé. Il voulut réveiller Aïssata, mais se ravisa. Elle était trop épuisée. Et puis, c'était son boulot de faire fonctionner ce fichu engin pour en tirer un article.

Il rassembla ses esprits. La nuit allait tomber dans moins d'une heure. Il sortit son paquet de feuilles, son stylo à bille. Au prix d'une intense concentration, chassant le découragement, il chercha à se rappeler l'article évanoui. Semblable à un marcheur qui revient sur ses pas, il s'efforça de revenir à l'intérieur de ses mots. En vain. On ne retourne pas sa mémoire comme un gant, surtout celle de l'écriture. Koler n'avait jeté aucun petit caillou blanc sur les rebords de sa pensée. Les mots qu'il avait semés naissaient libres et imprévisibles. Ils étaient les enfants naturels d'une étrange alchimie de l'instant, impossible à reproduire à l'identique, même sur une injonction de sa propre volonté. Il dut admettre que tout s'était envolé dans le ciel sombre de l'écran.

Koler tenait son stylo bien serré dans sa main. Il se mit rageusement à écrire d'un tracé irrégulier. Une écriture à la diable qu'il n'était pas sûr de pouvoir déchiffrer plus tard. Mais tant pis. Un chronomètre se dévidant à l'intérieur de son ventre, il formait à nouveau des lettres.

À cet instant, non loin du pont de lianes, une patrouille de l'armée avait pris position au milieu d'un carré de fougères. La nuit s'annonçait belle et douce. Le capitaine Boirot venait de recevoir une citation officielle dans l'ordre national du Margouillat. Et, comble de bonnes nouvelles, il avait enfin mis la main sur du matériel promis depuis six mois par l'état-major : une arme lourde qui avait fait merveille au Mozambique. Flanqué de trois lieutenants, le capitaine Boirot avait tenu à en juger par lui-même.

Larieux avait quitté le journal à sept heures du soir. Il s'était promené sur les Grands Boulevards, observant la foule trépidante qui s'affairait aux préparatifs de Noël. Les boutiques de traiteurs regorgeaient de monde. La clientèle débordait sur les trottoirs, comme devant les cinémas les jours de sortie de films très attendus. Les enfants surexcités poussaient des cris en traversant la chaussée et manquaient de se faire renverser par les automobilistes impatients.

Chaque année, Larieux restait seul pour le réveillon. Il n'avait pas de famille, pas même de nièce ou de filleul à gâter. Il consacrait d'habitude cette soirée à ses morts. Il revenait dans la maison familiale de Clichy qu'il ne s'était jamais décidé à vendre. C'était un pavillon modeste, bas de plafond, dans un quartier que le bourdonnement du périphérique rendait oppressant. Là, il pensait à son père, à sa mère, à Alligator et à Barouda qui étaient venus quelquefois boire un verre, au retour d'une lointaine virée. Larieux empilait deux ou trois bûches sur les chenets de bronze — fierté de son père — et s'abîmait dans la contemplation des flammes en prenant soin de ne pas en approcher de trop près son pied articulé.

Mais ce soir-là ne serait pas semblable aux autres Noël. À *Minuit chrétien* naîtrait un reporter : Julien Koler. Larieux le savait. C'est avec lui qu'il passerait le réveillon, et cette idée le soulevait d'une joie secrète. Non qu'il attendît l'article de Koler comme un enfant rêve du père Noël. Il avait deviné depuis longtemps que le Bangara abritait d'inavouables horreurs. Si le journaliste avait demandé six colonnes, lui que paralysait l'angoisse d'écrire, c'était bien qu'il avait vu, ce qui s'appelle *voir.* Larieux sourit. L'honneur du métier reposait entre les mains de son jeune journaliste. Dire, témoigner, « porter la plume dans la plaie », comme avait si bien écrit Albert Londres. Combien en étaient dignes, aujourd'hui ?

Il s'engouffra dans un taxi près de Drouot et s'en fut dîner au Relais de l'espace. Il choisit le menu de fête avec la dinde aux marrons. Il pensa à l'« excellent Santini » et à son reportage sur les châtaignes des Cévennes. Au fond de la salle, le cockpit avait été orné de guirlandes et de boules multicolores. Les enfants se turent quand l'une d'elles se brisa. Puis leurs rires montèrent de plus belle dans ce ciel d'apparat.

Larieux n'avait jamais emmené Mathilde au Relais de l'espace, à la grande époque. L'idée ne lui serait pas venue de la présenter à Simone et au gros Gaston, aux voyageurs sans collier. Il voulait garder pour lui seul le parfum animal de l'aventure, l'exaltation des départs, l'étrange ivresse de la liberté quand elle s'adosse au danger. Serait-elle restée, s'il l'avait rien qu'une fois entraînée ici ? Sans doute auraient-ils fini par parler de l'avenir, d'un enfant. Et si elle lui avait demandé, rien qu'une fois, de ne pas partir ?

Vers onze heures, Larieux se fit reconduire au journal. Le gardien de nuit lui offrit un chocolat au kirsch. Il se rendit directement à son bureau. Dans la journée, des techniciens lui avaient installé un petit ordinateur. Il ne trouva sur la liste des premiers envois nocturnes aucun article en provenance du Bangara.

Le buste penché au-dessus des genoux, Koler écrivait. Il lui semblait parfois que le fil de sa pensée renouait avec les mots de l'article perdu comme un canot de sauvetage vient heurter en pleine mer les débris du vaisseau qu'il a dû abandonner. Mais Koler ne s'épuisait plus à la recherche désespérée de ces fantômes. Il lui fallait avancer. Toujours ce chronomètre logé dans son ventre... Il appuyait si fort sur le stylo que la bille perforait le papier, accrochait, puis repartait enfin. À cause de la pression, les dernières phalanges de ses doigts le faisaient souffrir. Il s'en moquait pas mal, mais, sans qu'il en eût conscience, cette douleur ajoutait à son obsession d'aller à l'essentiel.

À la relecture, l'article lui parut meilleur que dans sa première version. Il espéra n'avoir rien oublié. La nuit tombait. Dans une heure à peine, il aurait déchargé son fardeau. Il attendait cet instant de délivrance, lorsque la voix lointaine d'une sténo de presse lui dirait simplement : « Où êtes vous donc ? Épelez : B comme Bernard ? Oui, je vous entends bien, continuez ! Mais c'est terrible, ce que vous écrivez-là... »

La plupart du temps, même à Paris, Koler comptait sur ces voix nocturnes pour prendre soin des articles qu'il terminait tard dans le silence de son appartement. À la rédaction, au milieu du brouhaha, des coups de téléphone, des conversations futiles, il peinait à se concentrer. Il lui fallait se retirer du monde pour mieux le raconter.

Les sténos de presse étaient des femmes sans visage. Jamais il ne les croisait. Elles prenaient leur service dans la soirée, repartaient dès l'aube. Il les imaginait assises au milieu de minuscules cabines, un casque sur les oreilles, le port bien droit, comme les filles appliquées des écoles Pigier, guettant le murmure haché des envoyés spéciaux, des correspondants, ou de gars du genre de Koler que calmaient leurs intonations maternelles.

Ces dames refusaient de donner leur prénom. C'était leur coquetterie. Elles se relayaient à l'écoute, mais ne voulaient former qu'une seule voix. Quand un reporter se trouvait loin, très loin du journal, elles adoptaient ses mots avec l'impérieux souci de ne jamais le trahir.

Pourrait-il dicter son article du poste des forestiers, comme Aïssata l'avait suggéré ? L'angoisse de Koler s'amplifiait avec l'obscurité. Il regarda à travers la vitre, poussa un soupir d'épuisement. Il rassembla les feuillets et les glissa sous sa chemise. Le *pick-up* traversait la forêt.

Le capitaine Boirot était un homme avisé. Il avait combattu au Mozambique, en Angola et au Tchad. Sa carrière d'officier d'élite l'avait amené à rencontrer toutes sortes de rebelles, y compris des vieillards armés de bâtons. Il savait que, depuis plusieurs semaines, le pont de lianes était devenu un point de passage, malgré les rapides en amont. Les fuyards du Nord le franchissaient la nuit de préférence.

L'arme qu'il s'était procurée passait pour une merveille d'efficacité. Elle tirait à répétition pendant cinq minutes, sans qu'on eût à recharger. Elle était surtout équipée d'un système de vision à infrarouges qui permettait d'ajuster une cible nocturne à trois cents mètres. Lorsque le *pick-up* surgit en bout de piste, le capitaine Boirot le vit s'avancer comme en plein jour. Il repéra même l'émeri scintillant des plaques de sable sur la tôle du capot.

Koler n'eut pas le temps de se demander s'il existait un dieu pour les reporters, si chacun devait vivre et mourir selon son destin, comme Demba qui recouvra la voix au moment de pousser son dernier cri, ou comme Aïssata, partie rejoindre son père au trébuchet des martyrs. Lui-même se trouva violemment projeté hors du véhicule. Avant qu'il pût rouler en bordure de la piste et disparaître dans un maquis d'euphorbes, une rafale d'acier lui broya la jambe du fémur au talon. Il sentit une profonde brûlure, puis plus rien. Une main crispée sous sa chemise, le journaliste avait perdu connaissance.

Sur son cœur palpitaient dix feuillets en souffrance.

À Paris, la neige tombait. La ville ressemblait à un conte d'enfant. Par la fenêtre de son bureau, Larieux regardait les toits des voitures en stationnement se couvrir de poudre blanche. Il s'aperçut qu'il était minuit passé. Les boulevards étaient désormais déserts par cette nuit de Noël. La chaussée luisait sous le givre aux éclats de cristal.

Larieux vérifia la liste des envois sur son écran. Celui-ci aussi demeurait vide, comme si l'ordinateur respectait une trêve. Machinalement, il ouvrit un tiroir situé à main gauche. Sous un fatras de trombones et de cartes postales, il dégagea un livret bordeaux. Son passeport, le dernier. Dans son cadre de bois, Mathilde le fixait. Il eut un moment d'hésitation, puis exhuma d'un geste rapide ce témoin de jeunesse. Les pages tournèrent sous ses doigts, projetant sur son visage l'air léger des départs. C'était une pièce à conviction, la preuve certifiée qu'il avait vécu. Une sorte de livret de famille, sans famille. Sous le halo de sa vieille lampe en bois de sureau, il entreprit ainsi de feuilleter son existence. Il reconnut des marques et des contremarques, de brèves annotations : « Vu au poste de Banjul »... « Vu à la sortie de Tana-Beles »... « Vu à... ». Larieux était chaque fois né à Niamey, à Rufisque, à Tombouctou, à Kaolak, à Fort-Dauphin et sur le fil du 45e parallèle, au cap des Tempêtes, devenu de Bonne-Espérance, et à Paris, rue Daguerre, chez l'Italien qui cuisait jadis en Éthiopie les meilleures pizzas de toute la Corne. Il avait aussi connu les haciendas gorgées d'agaves bleues et les sucreries de Pernambouc envahies de pélicans, le colisée d'El Jem au sol jonché de peaux de lion, Pétra la rose, le sabot des chevaux claquant sur les cailloux... Mais d'abord, mais surtout l'Afrique. « C'est elle qui m'a fait », assurait-il autrefois, quand il parlait encore de lui. Il avait goûté la cola et le vin de palme dans les maquis d'Abidjan, le ventre ébène des femmes, leur étreinte de santal et de musc, leur chair d'odalisque, les polyphonies du silence entre Capricorne et Cancer.

Larieux trouva que le regard de Mathilde, sous les reflets du verre, s'était soudain durci. Il était de nouveau en cavale, assailli de rêves de camionneur et de roi mage. À l'heure du crépuscule, il pleuvait encore des kilomètres dans ses souliers. Larieux soupira. Lui avait-il dit au moins une fois qu'il l'aimait ?

Il se souvenait davantage de Lagos, d'Ibadan, d'Onitsha, de Durban. Bien sûr qu'il l'avait murmuré en wolof, en béké, en français. Mais jamais il n'avait su ajouter « toujours », même pour rire, même sans rire...

Partout il avait accusé son âge, falsifié son passeport, trompé la vigilance des Sardanapale à képi, rempli des fiches de police d'une écriture illisible et nerveuse. De vilains tampons aux arabesques évanescentes avaient estampillé sa mémoire. S'il croyait à la réalité des tropiques, il le devait à ces encres bleuâtres sur son passeport, aux doigts moites et maigres — des doigts de joueur de mikado — qui, un jour, y avaient déposé un pays en capitales, une date en temps universel, une frontière pincée par l'agrafe d'un visa de courtoisie, à renouveler s'il renonçait à fuir, s'il restait... Reportage après reportage, il avait perdu Mathilde.

Lui avait-on appris que chaque départ est une femme que l'on perd ?

Larieux restait absorbé par la contemplation de ce désastre intime. Il connaissait depuis l'enfance la déception des nuits sans étoiles. Les retrouvailles où l'amour se fait minuscule. Ces sourires muets qui racontent les longues distances et l'ennui. Il en voulait aux hommes de s'accommoder du néant et de finir par le trouver beau, de mépriser le bonheur d'un haussement d'épaules.

Mais lui qui savait, que ne l'avait-il retenu ?

Dans son cadre de bois blond, Mathilde l'interrogeait depuis quinze ans.

« Voilà où mènent les voyages », maugréa-t-il.

Au lieu de rester bien tranquille assis sur une

chaise, il s'était offert le monde à voir. Vaine lévitation sur la moquette râpée des avions long-courriers, au poignet une montre réglée sur l'heure de Paris. Les voyages ne lui avaient rien appris qu'il ne sût déjà.

Partir est un leurre ; on retombe toujours sur soi, qu'on voulait fuir. Même dans les chambres d'hôtel, entre ces murs inconnus peuplés des insomnies des autres, il suffit d'allumer la lampe, de s'asseoir devant la table où repose une bible reliée, il suffit de percer du regard le rai de lumière poussiéreuse pour découvrir son propre visage pris dans le miroir. Il est déjà trop tard. Hébété, perdu, déçu, on vient de se retrouver.

Larieux le savait, mais, en ce soir de Noël, il tenait à rejoindre Koler, à interroger le « marchand de sable ». Si le vieil homme avait eu le cran de consigner ses propres impressions d'Afrique, peu lui importait qu'elles fussent bonnes ou exécrables, puisqu'elles seraient vraies...

L'avion quittait la France à la verticale de Marseille. Il ressentait comme un pincement au cœur. Pourtant, il ne connaissait personne à Marseille ; personne non plus ne l'y connaissait. L'appareil avait chargé trente tonnes de kérosène. La carte de vol épinglée contre une porte aveugle certifiait qu'il allait enjamber la Méditerranée, le Sahara. Avion-cargo, vaisseau des airs. Les techniciens en salopette s'affairaient aux ultimes contrôles de sécurité devant la terrasse où il buvait un café sans sucre. Sur la vitre, d'autres avaient laissé la trace d'une main, d'un front, les signes d'un lointain rêvé ou d'un « Je pense très fort à toi » posé à même le carreau fiévreux. Peut-être y avait-il eu, entre Mathilde et Larieux, trop de départs et d'aéroports, de ces ruptures provisoires qui exposent à l'irréparable, au mot qu'on n'a pas dit, qui mourra sur les lèvres si l'autre vient aussi à mourir. Pourvu, pourvu qu'il revienne. Les réacteurs lançaient leur plainte aiguë. Décollage immédiat. Les mollets de l'hôtesse épousaient le galbe des fuseaux horaires. Décalage. Une autre femme. Il ne saurait jamais de sa vie sangler le gilet de sauvetage. Il avait pourtant vu cent fois la manœuvre lorsque l'hôtesse prévenait qu'il pourrait succomber avant l'extinction du signal lumineux. Elle ressemblait si peu à la mort, cette jolie dame un peu stricte. Elle agitait un masque à oxygène et son regard s'arrimait à ses lèvres. Elle glissait au steward qu'il ne manquait pas d'air. Autrement dit : il était sauvé. Il se réveillait, un loup de laine sur les yeux. La couverture tenait son rêve enroulé. L'avion avait volé toute la nuit. Les hublots s'entrouvraient. Le jour était une marge turquoise qui dévorait la page nocturne. Le soleil écrivait la préface du monde. La marge s'étendait encore. C'en était fait de cette nuit-là qui s'inscrivait maintenant au grand registre des nuits. Surgissait à l'horizon une langue de feu pareille à ces lingots incandescents que crachent les aciéries de Dunkerque ou de Nippon Steel. Bleue comme une orange, la Terre, bien sûr. L'aurore étincelait : bonjour, on s'embrase ! Alors montaient des grandes cités d'Afrique les lueurs des hommes, tout en bas : lampes à pétrole, bois brûlé du matin, ampoules nues des prisons, des usines aux trois-huit. Les fours à pain, l'étincelle rougie des forgerons. Les coups de feu. La terre soudain se couvrait de lumières. Cela se terminait par la constellation bleu et vert des pistes d'aéroport. Le sol devenait ciel.

Larieux prononça le prénom de Mathilde.

Voyages, tous ces voyages. Pour terminer sur des lanières de ciment aussi plates que la main. Lignes de vie. Fuyantes. Qu'allait-il chercher au bout des lointains, le dos en miettes, les souvenirs écrasés dans des cendriers trop pleins ? Toujours l'obsession d'écrire le monde. Et Mathilde qui lui reprochait de n'être qu'un blanc entre deux mots d'adieu.

Que voulait-elle dire, cette hôtesse, en annonçant l'arrivée « vingt minutes avant l'*horreur* prévue » ? Voyager, c'était peut-être entrevoir sa propre fin, et l'accepter. Il classait ses souvenirs, choisissait ceux de ses amis qu'il appellerait avant de partir, ceux qui pourraient attendre son retour, s'il revenait, s'ils étaient encore des amis.

Voyages. L'air brûlant du Sahel s'engouffrait sous sa chemise, sa peau s'enflammait. Humidité, respiration paludéenne, sueur, peur, fleurs. La douane et les billets froissés. Êtes-vous vacciné ? Tsé-tsé ? L'appareil était pris d'une quinte de toux. Un homme muni d'un bâtonnet se frottait énergiquement les dents. Il répétait : « *Ziguinchor, Ziguinchor.* » Larieux se cramponnait à son sourire.

Un jour, il fallait bien revenir. L'avion tirait des droites dans le plan céleste. Éphémères lignes blanches. Il rentrait à Paris par les nuages. Inclinaison sur le bleu lacté, éclaboussures de soleil sous les ailes du Boeing. Banquise de cumulus, rivages irréels, envie de pleurer, de ne plus quitter ces champs de coton sans esclaves. Voile de cellophane sur la terre endormie.

Et, au loin, le couchant, une goutte de sang sur la mer.

Les femmes avaient ôté leurs souliers à talons. L'avion poursuivait sa descente. Défroques de la nuit. Ultimes secousses. L'émotion des retrouvailles prochaines avec le sol. Le cœur de Larieux restait en transit sur une étoile filante. Une voix lui susurrait : « N'y revenez pas. » Il y revenait toujours.

Cela avait duré jusqu'à la fin, jusqu'au Tchad.

Ce soir, Larieux avait repris l'air. Il avait convoqué Alligator et Barouda pour psalmodier ensemble le monde :

Lima, Lhassa, Lisbonne, Nancy et la place Stanislas
Caracas, Fairbanks, Halifax
et toujours l'Afrique,
sur le lac Victoria, le Tanganyika, le fleuve Orange
à Bamako, Malabo,
Addis, Axum, Lalibella
Tombouctou, Ouaga, Khartoum
à Port-Saïd, Port-Gentil, Port-Louis

Mathilde le regardait.

« Nous nous sommes tant manqués », songea Larieux.

Il examina ses mains en silence : deux pages illisibles raturées de souvenirs fossiles, le cuir lustré d'avoir tant et tant frotté contre le papier, du temps où il écrivait aussi des lettres d'amour.

Mathilde était le mystère de sa vie et sa raison d'être. Elle n'en avait rien su. Elle portait des robes légères, une capeline les jours de course à Auteuil et, avec ses idées larges, elle se vantait d'aimer la terre entière. Cela le rendait jaloux — un peu, seulement. Larieux avait toujours manqué d'ardeur en amour. En jalousie aussi. Elle l'aimait, pourtant. Il était son cœur subsidiaire, celui qui doit tout au hasard. Elle lui reprochait de la regarder distraitement ; alors elle disparaissait, puis revenait en prenant soin de claquer la porte :

— Tu ne me demandes pas où j'étais ?

— Mais puisque tu es là...

Elle repartait de plus belle ; la porte tremblait. Elle lui écrivait d'une taverne de Dublin où elle cachetait ses enveloppes sur la langue d'un buveur de bière. Il détestait la bière ; elle aussi, croyait-il. Elle rentrait épuisée, des gargouillis au ventre, et se jetait sur son passeport :

— Tu es encore parti !

Elle récitait : Lima, Lhassa, Lisbonne.

Et toujours l'Afrique.

Elle décida que, pour le rencontrer à coup sûr,

elle devrait le précéder dans ses lointains, gagner l'Équateur avant lui, ou l'arc polaire, et attendre, l'attendre.

Ils ne s'étaient plus retrouvés. Dire que le monde est petit.

À quand remontait leur dernier clin d'œil à contre-jour sur l'écaille d'un hublot ? Il était jeune encore. Longtemps il avait feint d'oublier Mathilde. Les courants d'air ne sont pas bons pour la mémoire. Pourquoi perd-on des gens en route, qui ne pèsent soudain pas plus lourd qu'un parapluie égaré sous un siège du métro ? Depuis la disparition de Mathilde, la fin d'Alligator et de Barouda, Larieux connaissait la réponse : il faut les perdre pour continuer d'exister. Devenir ce que l'on est se paie à ce prix.

Ce soir, pourtant, Mathilde le tourmentait. Était-ce le silence de Koler, le visage pur de sa jeune femme, le vide que révélait en lui la disparition du « marchand de sable » ? Ou bien la nuit d'Afrique qu'il avait reconnue dans le souffle du téléphone, le décalque de nuits anciennes, quand l'harmattan incendiait ses joues ? La brûlure tenait le sommeil à distance jusqu'aux premières heures du matin. Alors elle capitulait enfin et les songes de Larieux s'imprégnaient de la rosée suspendue aux brins d'herbe, quelque part en Europe.

Sa mémoire le trahissait, mais c'était pour son bien. Il savait que les souvenirs sont des erreurs auxquelles on s'applique à croire. Et il faut y croire. Quand il redevenait lucide, il se rappelait que leur rupture portait le nom d'une île qui aurait pu être celui d'une femme : Praïa. Une île du Cap-Vert, la dernière avant la grande traversée qu'ils avaient entamée sur un petit voilier. Mathilde y tenait : ils vogueraient jusqu'en Amérique. « C'est ici que les couples se séparent, lui avait dit le consul en l'accueillant, comme pour le consoler. Chaque semaine, je récupère un homme ou une femme. Leur compagnon de voyage a voulu continuer seul. Depuis le Sénégal, ils se jugent, se déchirent. C'est difficile, une si grande traversée. Alors, à Praïa, l'un des deux s'en va. Souvent la femme. La peur d'avoir à se supporter pendant tout ce chemin : jusqu'à l'Amérique ! J'ai ainsi connu de nombreux naufragés de l'amour. »

Le consul s'était chargé de rapatrier Larieux vers la France. Il n'avait plus de papiers, savait à peine son nom. Mathilde avait poursuivi sa route. Elle connaissait la mer, les courants et les vents mieux que les hommes. En tout cas, que les hommes de l'espèce de Larieux. Il était donc rentré à Paris. Elle avait promis de l'appeler à son retour. Puis, un jour, son cœur avait décroché. La photo sur son bureau maintenait l'artifice d'une vie d'avant Praïa, d'avant tous ces voyages.

Larieux contempla encore le visage lisse aux traits réguliers, la chevelure épaisse et brune de Mathilde, ses yeux très clairs, impatients.

Ce tête-à-tête avait assez duré.

Il se leva, colla de nouveau son nez à la vitre,

revint s'asseoir et éteignit sa vieille lampe au pied de sureau ouvragé. Il laissa la pièce dans l'obscurité seulement tamisée par la lueur de l'écran.

Enfin il s'abandonna au sommeil.

Koler entendit des chuchotements autour de lui. Des voix d'hommes qui s'exprimaient dans une langue qu'il ne comprenait pas. Il tenta de se redresser, mais l'effort lui arracha une plainte. Le jour se levait. On avait découpé la toile de son pantalon à hauteur de la cuisse et enrubanné sa jambe dans une feuille de bananier. Il ne se souvenait de rien, sauf de l'éclair à l'intérieur du *pick-up,* du cri de Demba. C'était comme s'ils avaient heurté un mur.

Un homme s'agenouilla près de lui. Koler crut reconnaître un des forestiers qui les avaient aidés à franchir le pont de lianes, à l'aller. De sa voix très grave, l'homme raconta comment il l'avait retrouvé dans un buisson, à côté du véhicule calciné, puis transporté jusqu'ici avec l'aide des bûcherons. Koler voulut parler. Aucun son ne sortit de sa bouche.

L'homme s'appelait Idrissa. Il savait le français. Au début des années quatre-vingt, il avait étudié à Montpellier.

Koler promena lentement sa main sur sa poitrine. Il essaya de déboutonner le haut de sa chemise. Ses doigts tremblaient. Il était incapable d'accomplir un geste précis. Idrissa dégagea son col et découvrit les feuillets éparpillés contre sa peau. Par chance, Koler avait eu la présence d'esprit de les numéroter.

Le bûcheron se leva. Il se dirigea vers la lumière du jour naissant pour tenter de les déchiffrer. L'écriture était illisible.

Un conciliabule s'amorça autour de Koler. Le journaliste perçut une voix légèrement métallique qui répétait : « Débrouillez-vous. » Il tourna la tête de côté. Un regard bleu pâle l'observait. Même assis, l'homme semblait immense. Il se tenait en retrait, le visage fermé, presque hostile. Idrissa tentait de parlementer, mais il se dérobait. Ses yeux blêmes fixaient Koler. Le bûcheron revint auprès du blessé avec un air de défaite.

— C'est ton article, n'est-ce pas ?

Koler battit des paupières. Une vague d'espoir submergea son visage.

— Nous avons établi une liaison téléphonique avec la France. Elle est prête depuis hier soir. Mais je n'arrive pas à te lire. Tu dois m'aider. Je recopierai au dos des pages et j'appellerai à ta place. C'est le seul moyen.

Koler tourna de nouveau la tête en direction de l'homme au regard bleu. Celui-ci demeurait immobile et silencieux.

On porta à ses lèvres un breuvage chaud qui le fit grimacer, mais dénoua sa langue et sa gorge.

— Essaie de parler, insista Idrissa au bout de quelques minutes.

Un mince filet de voix s'échappa de la poitrine de Koler. Le bûcheron se pencha sur la trajectoire de son souffle, cependant qu'un autre forestier, appelé en renfort, faisait défiler sous le regard de Koler ses pages manuscrites, comme on tourne au concert la partition du pianiste.

On lui avait rehaussé la tête avec un plaid roulé sous sa nuque. Idrissa réécrivait les mots de Koler, l'encourageait quand il ne savait plus se relire.

On lui redonna à boire. Ce fut long et pénible.

Concentré sur ce qui sortait de la bouche du journaliste, Idrissa n'avait pas mesuré l'étendue de la catastrophe décrite dans l'article. C'est en le relisant d'une traite, consigné de son écriture bien ronde, que le bûcheron eut un haut-le-cœur.

— Maintenant, un dernier effort, monsieur Julien. Tu dois te souvenir du numéro.

Koler demeura un instant prostré. Bon Dieu ! Il fouilla sa mémoire. Sa jambe blessée le lançait. Toutes les coordonnées du journal étaient dans son ordinateur. Que restait-il à présent du portable ? Par un cheminement singulier de l'esprit, la perte de l'écran bleuté lui rappela le prénom d'Aïssata.

— Que dis-tu ? s'inquiéta Idrissa.

— Aïssata, répéta Koler.

Des larmes jaillissaient de ses yeux comme si ses dernières forces s'étaient rassemblées aux sources de son chagrin.

— Aïssata, murmura-t-il à nouveau.

Idrissa prit sa main et la serra.

— Courage, mon frère. Essaie de te rappeler le numéro.

Koler laissa tomber les huit chiffres et s'évanouit.

Lorsqu'il revint à lui, il entendit la voix profonde et grave d'Idrissa égrener avec une émotion contenue ses propres mots. Il appartenait sûrement à un homme noir d'annoncer la tragédie de son peuple.

Le « marchand de sable » s'était approché de Koler. Des plaques rouge vif couvraient sa peau laiteuse.

— Je ne pouvais dicter votre article. J'aurais eu le sentiment de vous voler.

Koler était trop faible pour parler. Il dévisagea le vieil homme à la chevelure neigeuse. Un long moment s'écoula pendant lequel ils s'observèrent. Le « marchand de sable » paraissait comme enfermé à l'intérieur de lui-même. Il tenait une feuille volante qu'il finit par griffonner d'une main nerveuse. Malgré son état, Koler reconnut son écriture minuscule et violette. Leurs regards se croisèrent encore. Lorsqu'il eut terminé, l'homme plia la page en quatre et la déposa dans la paume du journaliste. Puis il s'éloigna sans rien ajouter.

Koler aurait tant voulu le connaître. Mais, pour l'ancien chef du Bureau des impressions, il était bien tard. Ce qu'il avait mis une vie entière à découvrir, le reporter l'avait saisi d'emblée. Son article venait de plonger le « marchand de sable » dans cette mélancolie qui naît de la lucidité. Avoir vécu si longtemps pour comprendre seulement maintenant : il trouvait là motif à se taire à jamais, à oublier Genève et ses marionnettes, à se cacher et à mourir peut-être.

Le téléphone sonna vers six heures du matin dans le bureau de Larieux. Il dormait à poings fermés. La sonnerie le fit sursauter. Il reconnut la voix d'une sténo de presse :

— On vient de me dicter un long reportage de Julien Koler. C'est terrible...

— Qui, « on »? Et qu'y a-t-il de terrible?

— Sans doute un ami à lui; un Africain à la voix forte, heureusement. La liaison était presque inaudible, à la fin. Koler souffre d'une grave blessure à la jambe. Il faut prévenir l'ambassade. Et sa famille, ajouta la femme sans visage. Vous aurez le texte à l'écran d'ici une bonne demi-heure.

Larieux raccrocha. Il tira la cordelette de sa lampe au pied de sureau, consulta sa montre. Il était trop tôt pour appeler la jeune épouse de Koler, un matin de Noël.

Il aurait aimé en savoir davantage. Quelle sorte de blessure à la jambe? Il essaya de joindre l'ambassade de France. Sans succès. Un épais silence avait envahi le combiné.

Larieux attendit que l'article de Koler remplisse le bleu de l'écran. Un discret signal sonore l'annonça, comme prévu, trente minutes plus tard. Il l'afficha aussitôt, alluma une cigarette et entama sa lecture. Koler avait bien travaillé. C'était sobre, retenu. C'était beau, pour autant qu'un drame humain puisse inspirer un sentiment de beauté. Avec la distance nécessaire, mais de l'amour derrière l'apparente froideur du récit. Larieux songea qu'il aurait aimé signer un tel reportage. Il oubliait qu'en son temps il en avait réalisé de semblables. Les mots sur papier journal n'encombrent pas la mémoire. Ils sont faits pour courir. Ce ne sont pas des mots qui restent.

Au bas de la copie manquait le nom de Koler. Mais Larieux avait reconnu la griffe du jeune reporter comme s'il avait marqué chaque page de son empreinte digitale. Il ne regrettait pas de l'avoir envoyé au Bangara. Koler avait donné toute la mesure de sa candeur lucide et inquiète.

Maintenant, il fallait qu'il s'en sorte.

Au Quai d'Orsay, Larieux obtint la permanence. On lui communiqua le numéro de télex de l'ambassade à Bangara. Il rédigea un appel d'urgence que le premier secrétaire trouva à son arrivée, en début d'après-midi. On avait fêté Noël parmi le personnel diplomatique.

Le soir même, Koler était entre les mains de l'antenne médicale des services français. Il refusa de parler.

Après vingt-quatre heures de soins, on jugea préférable de le rapatrier vers Paris. L'artère fémorale n'était pas atteinte, mais les balles avaient réduit la jambe en miettes.

Il fut transporté à l'aéroport et allongé sur une civière dans le salon d'honneur. Un policier lui remit son laisser-passer :

— Pour une prochaine fois, lui glissa-t-il.

Koler vit, agrafé, l'un des clichés grisâtres pris le premier jour, chez le dentiste. Il se demanda s'il ressemblait à cette photo, à présent qu'il avait vieilli.

L'avion devait décoller une heure plus tard. Il exprima le vœu qu'on sortît la civière au milieu des hibiscus. Il reconnut l'air tiédi de la nuit, son parfum violent, déjà presque familier. Il attendit d'être seul pour lire la page du « marchand de sable ». Le texte tenait en peu de lignes. De son écriture hâtive, le vieil homme avait voulu y consigner l'essentiel :

Dernières impressions d'Afrique

Ici se prolonge l'enfance de l'humanité. Chaque jour se renouvelle la promesse que l'homme s'est faite à lui-même de se perpétuer sur la Terre. Ce continent est un berceau. Il est aussi un tombeau. L'Afrique doit vaincre un virus mortel : nous.

Partons, et elle vivra.

Lorsque l'appareil s'arracha au sol, une panne générale de courant venait de plonger la ville dans l'obscurité. Koler se redressa avec difficulté.

Le hublot découpait dans la nuit africaine une couronne de deuil. Le souvenir d'Aïssata lui serra la gorge. Puis l'avion poursuivit sa montée dans le ciel. Les paroles du vieux barbon de la salle Pleyel revinrent à la mémoire de Koler : « Un continent formidable, à condition de n'y jamais atterrir. »

Immobilisé dans une chambre d'hôpital sans téléviseur, Koler n'assista pas au déferlement d'envoyés spéciaux qui suivit la parution de son reportage. D'une certaine manière, c'était préférable. Il n'aurait pas aimé cette meute en blue-jeans, morgue et Ray-Ban au visage, barbes de trois jours et téléphones satellitaires. Le pouvoir ne pouvait plus cacher : alors il collabora, organisa des visites, forgea, sur le thème de la fatalité, un discours officiel, que bien des journalistes, trop heureux de recevoir une explication du monde bien ficelée, répercutèrent à outrance.

Un peu plus tard, ce fut au tour des officines humanitaires de promener les reporters sur les lieux du drame avec leurs petits drapeaux, leurs biscuits et leurs badges.

La tragédie était grande, chacun voulait tirer à soi un peu de cette grandeur. Les derniers reporters dépêchés sur place pratiquaient la surenchère. La chasse au scoop était terminée. Il fallait sacrifier au spectaculaire. Négligeant de se rendre dans le Nord, les journalistes de salon amplifiaient, le soir, les rumeurs qu'ils avaient eux-mêmes lancées le matin dans le hall du Hilton

Palace, un camp retranché dont ils ne sortaient que pour de brèves incursions aux cocktails de l'ambassadeur.

Il y aurait dix mille morts, prétendaient les uns, cinquante mille, cent mille, cinq cent mille, affirmaient d'autres. Vous êtes sûrs? interrogeaient les retardataires. Ce sont les Britanniques qui l'affirment... Mais qui les a informés? Le bilan s'aggravait d'heure en heure; la vérité dépérissait à vue d'œil. On la déformait. On l'exagérait. Elle finit par devenir d'une lassante banalité. Qui allait dire mieux, donc pire?

Quand un journal annonça un nombre de victimes dépassant la population entière du Bangara, c'est à peine si l'opinion manifesta sa surprise.

Tous les matins, Céline venait au chevet de Koler. Parfois, elle lui prenait la main et la plaquait sur son ventre qui s'arrondissait. Un garçon.

— Tu es content ? avait-elle demandé.

Son regard était resté dans le vague. Il avait répondu : « Évidemment... »

Comme il aurait aimé que ce ventre abritât un enfant noir aux sourcils circonflexes, l'air très sérieux, concentré, adouci par deux fossettes à peine dessinées. Cette idée le minait. Il ne pensait plus à Aïssata ni à Demba, ni à la fillette forcément perdue. Mais le visage de l'enfant au toupet sur le front le hantait encore, car celui-là était vivant.

Koler ressassait aussi les dernières impressions d'Afrique laissées par le vieil homme au regard bleu pâle. L'après-midi, Larieux lui rendait visite. Il s'arrangeait pour ne pas rencontrer Céline. Il avait deviné qu'elle lui en voulait. Son regard houleux lui rappelait celui de Mathilde, sur la photo. Des yeux impatients, avec une pointe d'exaspération. Larieux brûlait d'évoquer les voyages, les visas sur les passeports, les îles où les couples se séparent. Il renonçait toujours. Koler était bien jeune pour les désillusions. Les deux hommes n'abordaient guère non plus le sujet du Bangara. Larieux ravivait plutôt la mémoire d'Alligator et de Barouda, et Koler avait l'impression, en l'écoutant, qu'il les avait lui aussi connus, autrefois. Silhouettes en loden, taille mince, feutre sur le crâne, quelques cicatrices, pas toutes apparentes : de vrais reporters, en somme.

— Vous voyez, avait dit Larieux lors de sa première visite à l'hôpital, vous avez eu plus de chance que moi. Dans trois semaines, vous pourrez marcher.

Koler le savait : oui, il avait eu de la chance.

Une autre fois, Larieux interrogea le jeune journaliste à propos d'un ancien haut fonctionnaire du Palais des Nations qui avait disparu depuis quelque sept ans. Larieux se souvenait de ne pas lui avoir parlé du « marchand de sable » lorsqu'il avait envoyé Koler au Bangara. Mais il venait d'apercevoir sur la table de chevet une feuille dépliée au titre-testament :

Dernières impressions d'Afrique

— Je crois que c'est pour vous, se borna à répondre Koler.

Larieux en prit connaissance, mais ne laissa paraître aucune émotion.

Un après-midi de février, le soleil entra dans la chambre du blessé. Le printemps s'annonçait avant l'heure. Le jeune homme se sentit des fourmis dans les jambes.

Larieux lui demanda s'il comptait repartir, après l'Afrique.

DU MÊME AUTEUR

Aux Éditions Gallimard

CARESSE DE ROUGE, 2004, prix François-Mauriac 2004 (Folio n° 4249)

KORSAKOV, 2004, prix Roman France Télévisions 2004, prix des Librairies 2005 (Folio n° 4333)

PETIT ÉLOGE DE LA BICYCLETTE, 2007 (Folio 2 € n° 4619)

BAISERS DE CINÉMA, 2007, prix Femina 2007 (Folio n° 4796)

L'HOMME QUI M'AIMAIT TOUT BAS, 2009, Grand Prix des lectrices de *Elle* 2010 (Folio n° 5133)

QUESTIONS À MON PÈRE, 2010 (Folio n° 5318)

LE DOS CRAWLÉ, 2011

Chez Gallimard Loisirs

LE TIERS SAUVAGE. Un littoral pour demain, *préface de Érik Orsenna, photographies par Aldo Soares*, ouvrage publié avec le concours du Conservatoire du littoral-Fondation Électricité de France, 2005

MARÉE BASSE, avec Éric Guillemot, 2006

Aux Éditions Stock

LES ÉPHÉMÈRES, 1994

AVENTURES INDUSTRIELLES, 1996

CŒUR D'AFRIQUE, 1997 (Folio n° 5365)

VOYAGE AU CENTRE DU CERVEAU, 1998

NORDESTE, 1999 (Folio n° 4717)

UN TERRITOIRE FRAGILE, 2000 (Folio n° 4856)

JE PARS DEMAIN, 2001 (Folio n° 5258)

Chez d'autres éditeurs

LE FESTIN DE LA TERRE, *Lieu Commun*, 1988

LES ANNÉES FOLLES DES MATIÈRES PREMIÈRES, *Hatier*, 1988

LA FRANCE EN FRICHES, *Lieu Commun*, 1989

LA PISTE BLANCHE, *Balland*, 1991

ROCHELLE, *Fayard*, 1991 (Folio n° 4179)

MOI AUSSI JE ME SOUVIENS, *Balland*, 1992

BESOIN D'AFRIQUE, avec Christophe Guillemin et Érik Orsenna, *Fayard*, 1992

L'HOMME DE TERRE, *Fayard*, 1993

C'ÉTAIT AILLEURS, avec Hans Silvester, *La Martinière*, 2006

LA FRANCE VUE DU TOUR, avec Jacques Augendre, *Solar*, 2007

PARIS PLAGES : DE 1910 À AUJOURD'HUI, *Hoëbeke*, 2010

FEMMES ÉTERNELLES, avec les photographies d'Olivier Martel, *Philippe Rey*, 2011

Composition Cmb Graphic
Impression Maury-Imprimeur
45330 Malesherbes
le 15 janvier 2012.
Dépôt légal : janvier 2012.
Numéro d'imprimeur : 170017.

ISBN 978-2-07-044464-9. / Imprimé en France.

185429